PACO IGNACIO TAIBO I | Pálidas banderas

1.ª edición: septiembre 2005

© Paco Ignacio Taibo I

© Ediciones B, S. A. de C.V., 2005
Bradley 52, colonia Anzures - 11590 D.F. (México)
www.edicionesb.com
www.edicionesb-america.com

Fotografía de portada: Corbis
Diseño de portada: TYPE
Diseño de colección: Ignacio Ballesteros

ISBN: 970-710-128-8
Impreso por Quebecor World

Todos los derechos reservados. Bajo las sanciones establecidas
en las leyes, queda rigurosamente prohibida, sin autorización
escrita de los titulares del *copyright*, la reproducción total o parcial
de esta obra por cualquier medio o procedimiento, comprendidos
la reprografía y el tratamiento informático, así como la distribución
de ejemplares mediante alquiler o préstamo públicos.

Paco Ignacio Taibo I | Pálidas banderas

Derrotaré
tus pálidas banderas
en donde se levanten.
Otros poetas
antaño te llamaron
santa,
veneraron tu capa.
Se alimentaron de humo
y desaparecieron.
Yo
te desafío
con duros versos te golpeo el rostro
te embarco y te destierro.

PABLO NERUDA
Oda a la pobreza

*Con este libro brindo, a mi modo, por dos viejos maestros.
Estoy hablando de Pío Baroja y de Howard Fast.*

PRIMERA PARTE

NUEVA YORK

Carlos

Cuando Gregorio Charles Lewis se portaba mal, su madre, Rosario, decía a sus amigas españolas de Albuquerque, disculpando al muchacho:

—No me extraña; su bisabuelo fue un forajido mexicano.

El sargento Charles Lewis Cortez contaba la historia del forajido con un orgullo ingenuo, como si narrara una película.

—Mi abuelo materno se llamó Gregorio, era un mexicano que no sabía hablar inglés. El día doce de junio de mil novecientos uno, riñó en Manor, Texas, con un sheriff llamado Harper Morris, que no sabía hablar español. De un tiro mi abuelo mató a Harper y luego salió huyendo. Caminó casi ciento cincuenta millas, perseguido por trescientos hombres, sin encontrar un caballo. Luego robó uno y cuando se le murió, agotado. robó otro y éste también se cayó en el desierto; consiguió un tercer caballo y ya estaba en el centro del Río Grande a punto de entrar a México y salvarse, cuando lo alcanzaron. Con el agua hasta las rodillas disparó sus pistolas y mató al *sheriff* Robert M. Glover y a otro más que se atrevió a acercarse demasiado. Pero se le terminaron las balas y tuvo que rendirse. Ése fue mi abuelo materno.

Después el sargento recordaba que el mismo año en que a Gregorio Cortez lo condenaron a cadena perpetua, nacía Lupe, su madre.

Eso fue en el año 1900. Y terminaba la saga familiar con un:

—Yo nací en 1924 y llevo dentro de la sangre las dos fronteras.

Sin embargo, no se advertían rasgos mexicanos en el sargento; acaso porque los Lewis siempre pudieron comer bien y los Cortez nunca pudieron alimentarse suficientemente.

Estas historias llegaban hasta el pequeño Gregorio Charles Lewis, quien tenía en su dormitorio una foto del bisabuelo rodeado por diecisiete de sus captores. Debajo el sargento había escrito: «La persecución duró diez días. Caminó casi 150 millas, galopó cuatrocientas millas. Mató tres caballos. Se rindió cuando estaba a la mitad del río; sin municiones.»

Encima de la fotografía, en caracteres impresos, se podía leer: «Gregorio Cortez: una leyenda viva.»

La frase estaba escrita en español.

El sargento había afianzado su serena y apacible personalidad, apoyándose en el recuerdo del abuelo mexicano, tenaz y rebelde, y compartiendo con los texanos un orgullo elemental de casta y riqueza.

Al contrario de otros muchos con sangre latina y educación sajona, pudo mantener dentro de sí la influencia de las dos razas sin sentir menosprecio por la más desamparada y sin desarrollar todo ese sistema de defensas que con el tiempo van a convertirse en violencias y angustias.

El sargento era un ser que había aceptado su participación en la guerra con la misma calma y falta de imaginación que ahora le convertía en un militar retirado de costumbres monótonas. Sin embargo, unos curiosos y esporádicos chispazos parecían denunciar a un hombre distinto, escondido dentro de ese fulano alto, vestido con una camisa de flores escandalosas y tocado con una gorrita de beisbolista.

Rosario, como si conociera ese fondo oculto de la personalidad de su marido, sonreía cuando escuchaba una observación que sorprendía, sin embargo, a sus viejos amigos del ejército.

Un día el sargento dijo que se había alistado en la aviación, porque ese mismo día, en la mañana, vio una película de guerra.

Otro día afirmó:

—Antes de irme de Alemania fui a ver un pueblo, cerca de Berlín.

Rosario lo estimulaba con la mirada.

El sargento se acarició el lóbulo de una de sus orejas y añadió:

—Fue el lugar en donde dejé caer, por error, unas bombas.

Su hijo quería saber.

—¿Y qué hiciste?

El sargento lo miró, extrañado.

—No hice nada. Me tomé dos cervezas y me volví al campamento.

Rosario está segura de que por debajo de esta historia, corren dramáticos pensamientos y se conmueve y pregunta:

—¿Quieres una cerveza, ahora?

—Sí, por favor.

En el año 1956 fue destinado a la base norteamericana de Torrejón de Ardoz, cerca de Madrid. Pasó unas semanas de borrascosas borracheras y luego decidió que había llegado el momento de casarse.

Tenía por entonces 32 años. De la guerra guardaba la cicatriz de una esquirla en el muslo izquierdo y el recuerdo de un brazo roto a causa de un mal aterrizaje.

—Ha llegado la hora de casarme.

Por entonces otros compañeros habían encontrado mujer en España. Se decía que las españolas eran buenas madres y excelentes esposas; muy fieles. A Rosario la conoció en una cafetería de Madrid, en donde ella servía las mesas. Rosario, una granadina, apenas le llegaba al hombro a Charles. Tenía los ojos muy negros y el pelo negro también.

Decidieron tener un hijo y el sargento exigió que naciera en su país; Rosario aceptó muy contenta. Quería alejarse de los años de desolación pasados en España. Charles pidió ser trasladado a Albuquerque, Nuevo México, porque allí vivían ya otros aviadores casados con mujeres españolas.

No mucho tiempo después tramitó el retiro de la Air Force.

Al nacer su primer y único hijo, el sargento quiso que se llamara Gregorio Charles, pero lo cierto es que el niño fue llamado Charles; o bien Carlos, por su madre que le hablaba en español.

Gregorio Charles Lewis Cortez era un jovencito cuando supo la razón por la cual su padre era aviador.

—La decisión la tomé una mañana, después de salir de un cine; habían pasado una película titulada *Air Force* de *Warner Bros* y yo quise ser como John Garfield.

—¿Qué años tenías?

—Diecinueve años.

Gregorio Charles comenzó a entender no sólo la reverencia de su padre por el bisabuelo, sino su propio amor por la aventura. Un amor limitado al principio a caminar durante todo un fin de semana por las Montañas

Sandía o a atravesar el profundo Valle del Oso. A los 18 años había flotado ya muchas veces en el cielo clarísimo de Nuevo México tripulando globos o manejando planeadores.

Tiempo después decidió estudiar literatura española. Su madre, Rosario, no podía comprenderlo.

—Dime para qué sirve.

Pero el sargento se adelantó a la respuesta de su hijo.

—Sirve para saber.

Las amigas de Rosario tampoco entendían qué sentido podría tener para un joven norteamericano conocer a los escritores hispanos. Se reunían los sábados los aviadores casados con españolas, iban turnando las casas y las mujeres acudían con guisos; ellos llevaban botellas de whisky americano o cajas de cerveza. Eran reuniones que se distinguían por el alboroto de las españolas, casi todas andaluzas, y la paciencia de los antiguos aviadores, que contemplaban a sus mujeres bailar y cantar. Los maridos solían desaparecer del salón, después de la cena temprana, para recluirse en un dormitorio y ver en la pantalla de televisión un combate de boxeo o un partido de fútbol profesional. Algunos profesores de Ortega Hall, el departamento de lengua hispánica de la Universidad, comenzaron a acudir a estas fiestas junto con sus mujeres. Uno de los profesores, poeta de barba blanca, tocaba la guitarra y cantaba canciones procaces, entre la risa y el aplauso de las andaluzas.

Se hablaba una mezcla de inglés y español, y aparecían viejos giros y frases sevillanas o cordobesas.

Al final, las españolas ayudaban a sus esposos a subir a las camionetas y los llevaban a casa, sin protestas ni quejas; sino con una comprensiva y maternal actitud que disculpaba la borrachera casi general.

Vivían los Lewis, como todos sus amigos, en una casa de dos plantas, con un jardín trasero, en el que se solían almacenar objetos desechados y también asadores de carne. Tenían dos automóviles y una camioneta, que usaban para ir a los supermercados y para hacer excursiones familiares hasta las reservaciones de los indios pueblo o los taos. En los últimos tiempos manejaba Charles hijo, quien parecía contento de acompañar a sus padres en esos viajes breves. En ocasiones lo acompañaba alguna compañera de trabajo o de Universidad. Rosario y el sargento viajaban en los asientos posteriores y la madre bromeaba inclinándose sobre la espalda del muchacho:

—Tu padre se hizo aviador, porque vio una película de aviación. Si ve una de Bing Crosby, estaríamos todos ahora en Broadway.

El sargento abría una lata de cerveza, bebía apaciblemente unos cuantos tragos, y miraba a su mujer con un disimulado orgullo.

Pensaba que ella era más aguda, más divertida y mejor esposa que las chicas con las que se habían casado sus compañeros

Cuando Gregorio Charles decidió ir a estudiar a la Universidad de Columbia, en Nueva York, el sargento había cumplido cincuenta y nueve años, Rosario tenía cuarenta y ocho y el muchacho veinticuatro.

—Si tu bisabuelo Gregorio Cortez viviera, ahora tendría ciento ocho años, y tu bisabuelo Charles Lewis tendría, más o menos, esa misma edad. Procedes de dos familias respetables.

Rosario protestó en español.

—De tres, que la mía no es manca.

La muchacha que acompañaba a Charlie le preguntaba:

—¿Qué es lo que tenía la familia de tu mamá? Y el

sargento se apresuraba a informar:

—Mi esposa dice que toda su familia tiene dos brazos por persona.

Se reían los Lewis y la invitada miraba a su amigo azorada. El anuncio de que Charles se iría a estudiar a Nueva York desconcertó e inquietó mucho a Rosario. Nueva York era una ciudad desconocida, de la que llegaban por la televisión noticias de asaltos y destrozos. Por otra parte, ella era lo que otras familias de Albuquerque consideraban una «madre al estilo extranjero»»; es decir, sobreprotectora.

El sargento parecía empujar a su hijo hacia la aventura.

—Déjalo, la mayor parte de sus amigos viven por su cuenta, están casados o se fueron de Nuevo México. Déjalo que se vaya.

Para Rosario, Albuquerque era la ciudad ideal, encontraba familiares las casas color de barro tierno, en ocasiones casi rosado, que imitaban las viejas viviendas indígenas. Se desplazaba por las calles en su propio automóvil, visitaba a las amigas y acudía a los almacenes, manejándose con su inglés sencillo y directo que le permitía, sin embargo, discutir precios y señalar deficiencias de la mercancía. Albuquerque era el paraíso encontrado y del que no pretendía huir jamás.

Cada quince días llegaba puntual al banco el cheque de su esposo y al final de cada mes sobraban unos dólares que serían empleados en tomar vacaciones en Miami o en San Francisco. Éste era un mundo que no se hubiera atrevido a soñar durante sus años en Madrid; no quería volver a España, no quería recordar aquellos tiempos. El día anterior a la salida del avión de su hijo, contempló con orgullo cómo los dos Charles subían a un automóvil para tomarse una copa juntos. Fueron a la Universidad, dejaron allí el vehículo, caminaron hasta una cantina; el sargento pidió dos copas de *Bourbon* y brindaron en silencio; después las bebieron de un solo trago, lanzando con fuerza la cabeza hacia atrás. El padre y el hijo casi reían sentados ante la mesa, escuchando a Willie Nelson que adormecía aquel momento desde la sinfonola chispeante de luces.

Después, como partiendo de una decisión violentamente tomada, el sargento ofreció la mano a su hijo y ambos se mantuvieron así unidos durante un momento. Lo último que vio Gregorio Charles de Albuquerque, ya en el avión, fueron las montañas nevadas y la ciudad teñida de un suave color de tierra tostada.

Pensaba que era diferente de sus compañeros y que la diferencia tenía su asiento en ese bisabuelo lejano, en una madre que mataba la nostalgia cantando y en un sargento que volvió de la guerra arropándose en un cuidadoso olvido de todo lo pasado. Así se entendía que su marcha se hubiera celebrado con un trago en una oscura taberna y con un lloroso abrazo a la puerta de casa.

«De alguna manera, pensaba, el cine también ha cambiado mi vida, como la de mi padre.» Era cierto; en el año 1983 se estrenó en Albuquerque una película sobre la vida del abuelo Gregorio. Los Lewis acudieron a verla a la cuarta o quinta sesión. El sargento invitó a su hijo y los tres se sentaron inquietos ante la pantalla. Por los altavoces locales del cine, anunciaron que los descendientes de Cortez se encontraban en la sala. El público, casi todo compuesto por chicanos, jóvenes de piel morena, comenzó a aplaudir y Rosario tomó a su esposo y a su hijo de los brazos y los obligó a levantarse. Estaban al principio un poco avergonzados, pero el gesto orgulloso y alegre de Rosario fue impresionando a los dos hombres que terminaron saludando con la cabeza y sonriendo torpemente. El público pensó que la descendiente de Gregorio Cortez era aquella mujer de pelo negro, diminuta entre los dos sajones. No era fácil, verdaderamente, relacionar al muchacho jugador de básquet ni al hombre con el pelo cortado aún al estilo militar, con el heroico forajido convertido en leyenda.

Poco tiempo después, en el *Institute of Texan Cultures*, de San Antonio, Charles encontró la fotografía del bisabuelo, tomada en el año 1901. Se trata del trabajo de un profesional concienzudo que situó cuidadosamente a los 17 alguaciles, armados con rifles y revólveres, en un grupo inmóvil y atento a la lente de la cámara. El bisabuelo es un hombre pequeño, vestido con una camisa blanca y unos pantalones raídos; está sentado en el centro del grupo; con las manos sujetando un pequeño fardo que acaso contenga ropa. El sombrero pone aún más sombras en un rostro renegrido y serio que mira fijamente ante sí. A su izquierda un *sheriff* sostiene, apoyado sobre una rodilla, un enorme rifle cubierto por una funda de cuero.

Gregorio Cortez es el más pequeño del grupo, parece aceptar su condición de presa vencida y, sin embargo, hay en su gesto un aire indiferente y lejano, como si todo este espectáculo a beneficio de la historia, estuviera desligado de su propia vida. Los cazadores que le rodean mantienen un aire serio, muy formal, con una satisfacción contenida e inmovilizada en un rictus atento al fotógrafo. Aún hoy, en el mismo archivo, se pueden ver las copias de los corridos que el pueblo mexicano le hizo a Gregorio; son largas canciones que se cantaban en las dos orillas del Río Grande. A comienzos del siglo el bisabuelo era tan famoso como «*Billy the Kid*» o «*Jesse James.*»

*Nunca fue un bandido,
aquí «onde» lo ves
sino un macho muy serio
el Gregorio Cortez.*

Eran canciones melancólicas a un nuevo héroe mexicano hundido por la desgracia y por la superioridad de los *chérifes*.

Gregorio Charles, veía perderse detrás de sí las tierras de Nuevo México y rememoraba una historia tomada en partes del film, de las canciones, de la propia fotografía amarillenta: de sus propios sueños: el bisabuelo, con los revólveres vacíos, avanzando río adentro, con el agua a las rodillas y escuchando cómo los relinchos y los gritos de los perseguidores se acercaban. El bisabuelo, los brazos flojos, dejando caer los revólveres inútiles y ofreciéndose indiferente y resignado. A su alrededor los caballos chapoteando y el sol impidiendo precisar este instante salpicado de agua y de imprecaciones.

Gregorio Charles Lewis había venido contemplando desde siempre su triple mestizaje como un fenómeno en el que los elementos más dramáticos se teñían con la gloria de la aventura y el exotismo. Se miraba a sí mismo como el resultado de un bisabuelo digno y desesperado, un padre tranquilo y militar, y un mundo andaluz resumido en canciones y danzas alegres, sin gran sentido. Al fin ésa era, en gran parte, la proporción que había convertido a América en un país fuerte y orgulloso. Estaba tan seguro de su condición de americano, como pudieran estarlo los nietos de italianos o irlandeses y, sin embargo, a su alrededor se estaban produciendo movimientos de protesta y manifestaciones de una violencia aislada.

Cuando tenía solamente trece años, en 1972, fue con un compañero, llamado Emilio Ramírez, a presenciar uno de los actos del congreso «Tierra y Cultura», que se celebró en el Albuquerque Convention Center. Los dos muchachos apenas entendían lo que aquellos hombres hablaban en una confusa mezcla de español e inglés, pero seguían las discusiones con atención y sorpresa. Un joven se acercó a ellos, tomó del brazo a Gregorio Charles y sonriendo lo llevó junto a uno de los oradores. Habló con este hombre alto, de pelo brillante y negro, y después le dijo al chico:

—Estás ante un gran líder de tu sangre. Se llama Reyes López Tijerina.

El líder, vestido con una camisa negra y un sarape de colores llamativos, tomó a Gregorio Charles por la cintura y lo elevó sin esfuerzo.

—¡Señores: éste es el descendiente de Gregorio Cortez!

Todos los presentes aplaudieron y gritaron.

Después Reyes le dio la mano muy formalmente y le entregó un documento: La ordenanza de un rey español que nombra en el año 1573 a todos los descendientes legítimos de los conquistadores españoles, hijos-dalgo.

El pequeño cartel fue a parar a las manos de Rosario, quien lo leía entrecortadamente.

El sargento sonreía porque su hijo era un hijos-dalgo; pero no entendía muy bien en qué consistía ese privilegio; sin embargo, aconsejó al muchacho que clavara el impreso en su dormitorio. Y allí se quedó durante años y allí lo dejó Gregorio Charles al marcharse a Nueva York.

«Ordenanza 99, del Rey de España don Felipe II, expedida el día 13 de julio del año 1573. Por honrar las personas, hijos y descendientes legítimos de los que se obligasen a hacer población, los hacemos hijos-dalgo de solar conocido...»

No sería fácil afirmar si todos estos elementos que acudían a su vida desde el fondo de un antepasado remoto y vencido, fueron dejando un pozo sentimental y permanente, o se perdieron en la *high school*, cuando los jóvenes de ascendencia sajona, con los que compartía clases y juegos, comenzaron a ser mayoría. Al cumplir quince años, una maestra le dijo que en los Estados Unidos lo que importa es el primer apellido. Y explicó:

«Porque detrás de nosotros está la humanidad entera, con miles y miles de apellidos. El primero es nuestra señal de identidad. Los otros son la herencia que nos conforma pero a la que hemos de olvidar. No se puede recordar la historia de cada hombre. Y todos nosotros, somos la historia del ser humano.»

Cuando Charles cumplió dieciocho años era un hombre alto, fuerte, de pelo castaño y piel blanca; un regular jugador de básquet y famoso por su capacidad amatoria.

En cuanto a su religión, ésta parecía ser una confusa seguridad en un Dios capaz de aceptar un cierto día a los católicos y en otras ocasiones a los protestantes.

Rosario, su madre, acudía a la iglesia en pocas ocasiones y casi siempre movida por impulsos folklóricos y remordimientos pasajeros; oía misa en el aniversario de la muerte de su madre o acaso en la festividad de la Virgen del Rocío.

El sargento acompañaba en algunas de estas mañanas, en forma apacible y mansa, a su esposa, y escuchaba en aparente concentración todo el complejo rito llevado a cabo por un cura castellano.

Lewis parecía haber dejado en manos de la divina providencia el camino religioso que seguiría el hijo común y Rosario limitó sus intervenciones a bautizarlo un sábado, aprovechando el motivo para reunir en su casa a los matrimonios amigos.

Cuando a los veinticuatro años Gregorio Charles anunció que abandonaba a la familia para estudiar en Nueva York literatura española, la sorpresa pareció afectarle también a él mismo. En su cuarto tenía solamente diez o doce novelas escritas en español. Rosario quiso saber si alguna bella profesora lo había asesorado o si se iba con alguna compañera de estudios; nada de esto se pudo comprobar.

El sargento entendió que la historia se repetía y que tan lícito era que un joven viera un film de *John Garfield* y se fuera a la guerra, como que la sangre de un bisabuelo se pusiera, de pronto, a hervir dentro de un cuerpo nuevo y llamara a un muchacho desde el fondo de la mitad de su raza.

Dos días antes de su marcha, Gregorio Charles renunció a su trabajo en una tienda de artículos deportivos de Montgomery Ward y recogió su expediente universitario. En una carpeta de cartulina roja guardaba sus constancias de excelente estudiante y la posibilidad, destruida, de llegar a ser un licenciado en ecología o en educación física. Por lo pronto, todos esos años de singular esfuerzo iban a canalizarse, ahora, hacia la búsqueda de los abuelos de su bisabuelo el forajido.

En cuanto a la patria de su madre, parecía no importarle demasiado. España, narrada por Rosario, era sencillamente una cafetería, cine los domingos, una infancia sórdida y una tierra sobre la cual los hombres se estuvieron matando durante años por defender unas no muy claras razones. Rosario solía decir que ella había sido muy pobre; pero ni tan siquiera esta imagen parecía clara para su hijo, ya que se mezclaba con las noticias de vigorosas noches de whisky en Madrid, cuando los aviadores norteamericanos entraban en un bar y compraban hasta la última botella.

En la Universidad había pedido cita con un profesor de español, al que conocía a través de las constantes fiestas de los sábados. El maestro, poeta de barba blanca y talante comprensivo, hizo sentar al joven frente a su mesa, en el cubículo, y escuchó las ambiguas razones del estudiante procurando responder a sus preguntas.

Pensaba el profesor que estas súbitas decisiones de algunos de sus alumnos, de pronto interesados en la historia de su raza o de su familia, eran el producto de una moda surgida a causa de una serie de programas de televisión, en los que un hombre negro buscaba afanosamente su raíz africana. O acaso se debiera al éxito de una excelente novela en la que se contaba la saga, a través de los siglos, de una estirpe familiar. Pero Gregorio Charles no parecía influenciado por nada de esto; lo suyo era el resultado final de un curioso sentido de la aventura, reducido a un viaje, unos estudios, a un ansia de cambiar.

El poeta atendió luego a las preguntas de su visitante, le señaló el hecho de que todos sus estudios previos no le ayudarían en el futuro y lo despidió dándole la mano. Acostumbrado a estos comportamientos, inconcebibles en una universidad española, olvidó el asunto.

Los vagones azules del metro lo llevaban desde el Aeropuerto Kennedy al centro de Manhattan; con una mano sostenía el saco de viaje, manchado de grasa y atiborrado. Al sur, en el extremo del país, se quedaba el bisabuelo hundido hasta las rodillas en las frías aguas del río, los dos revólveres caídos en el fondo, sobre el lecho de arena blanca.

El sargento le había reservado habitación («para los primeros días») en el hotel Wentworth, en donde él se hospedó durante una convención de aviadores veteranos.

Con el saco al hombro caminó desde la estación del metro hasta la calle 46, sin esfuerzo; el aire de un hombre que ha viajado mucho, asombrándose, sin embargo, de esta seguridad que no estaba justificada, pero que sentía de manera profunda. Cuando llegó frente al hotel, estuvo a punto de reír. Todo había sido sumamente fácil. Nueva York era algo sencillo.

En la taberna el sargento le había dicho:

—Nueva York es una ciudad más fácil que Albuquerque; todo lo que tienes que recordar es que la Primera Avenida está a la derecha, si te pones de espalda al mar. Sería una ciudad perfecta, si no fuera por Broadway que rompe el orden.

Desde la ventana de su cuarto, se ve un pequeño jardín que una empresa particular abre al público todos los días. Una orquesta toca prácticamente bajo su ventana, en el jardín tranquilo. Algunas gentes escuchan tomando refrescos. Es un día apacible de otoño. Charles se asoma desde el séptimo piso y contempla allá abajo el jardín, los músicos y los automóviles que vienen de la Avenida de las Américas y buscan la Quinta Avenida. Por encima de su cabeza, los altos edificios, familiares gracias al cine y la televisión, conforman un escenario entrañable, tranquilo y emocionante. El cielo es muy azul, el ruido llega tamizado y claro. La orquesta está tocando una pieza conocida de *jazz*. Gregorio Charles se ha quitado la camisa y, con el torso desnudo, se asoma a su nuevo y sin embargo familiar mundo.

Mira su reloj; son las cuatro de la tarde del día dieciséis de septiembre de 1984.

Angélica

El padre de Angélica murió el día 11 de septiembre de 1973, en el Palacio de la Moneda, Santiago de Chile.

Un cohete, lanzado desde un avión, atravesó una ventana y fue a estallar en donde estaba el hombre, en mangas de camisa, sujetando un rifle con las dos manos.

El Palacio de la Moneda es uno de los pocos edificios coloniales que los terremotos han respetado, ya que hasta la misma catedral de Santiago tiene hondas resquebrajaduras y visibles repegones que cuentan una larga historia de tierras agitadas y pavores estridentes. Ese día, sin embargo, el Palacio sufrió un ataque de nuevo estilo; fue bombardeado de tal forma, que los defensores, armados con pistolas y fusiles, no podían hacer otra cosa que rendirse o dejarse morir.

A las seis de la madrugada pasó un grupo de socialistas a recoger al padre de Angélica; se fue con ellos en un automóvil y la madre despertó a los hijos con sus sollozos. El golpe militar no era una sorpresa; todos sabían que se iba a producir.

Angélica, aquella mañana, iba a ser inyectada por una enfermera porque estaba en cama a causa de una hepatitis.

Tenía quince años y era alumna del Liceo Manuel de Salas, una escuela pública muy prestigiosa. Las alumnas del Liceo usaban un vestido amplio, sin mangas, azul, y debajo, una camisa blanca. Los calcetines eran azules y los zapatos negros. En las clases tenían que ponerse un delantal.

La vida de la familia de Angélica, era tranquila y suave; el padre había entrado desde muy joven en el partido socialista, después de haber pasado por el partido radical. En la casa se comía a las doce y media, y los domingos todos iban a visitar a los abuelos que, invariablemente, les ofrecían empanadas. Desde la ventana del dormitorio de Angélica se veía la cordillera inmensa, cubierta de nieve en invierno, como una alta pared que anunciara las escasas posibilidades de salir de ese país en el cual habían nacido sus padres y abuelos.

Los domingos la niña solía ir a un teatro, frente al cerro de Santa Lucía, en el que proyectaban películas norteamericanas. La madre era una mujer de su casa, pacífica y poco dada a la política, que «era cosa de hombres; sin embargo, pertenecía a la junta de Alimentación Popular y al Centro de Madres, entidad que se encargaba de repartir los alimentos, algunos de ellos muy escasos por entonces. Había reprobado las manifestaciones de mujeres que, golpeando cacerolas, se habían enfrentado al gobierno de Salvador Allende, porque entendía que era necesario que todos los chilenos se apretaran el cinturón. Cosa del tiempo: el que algo quiere, algo le cuesta.»

—Además las que más exhiben las cazuelas, son las que viven mejor.

El día 21 de septiembre comienza la primavera en Chile; en esta ocasión su llegada pasó inadvertida, como también lo fue el hecho de que Angélica nunca fue inyectada y acaso por eso recuperó muy pronto el color y la salud.

Cuando supieron la noticia de que el padre había muerto, toda la familia se fue a casa de los abuelos maternos y allí comenzaron a reorganizar su vida.

Un día la muchachita fue llevada, por el abuelo, para que viera el Palacio de la Moneda, aún con las huellas del incendio y de las bombas. Estuvieron los dos frente al edificio y luego el abuelo le pasó la mano sobre el hombro, e hizo que diera la espalda al Palacio y se alejara de allí.

En el recuerdo, el Palacio deja aún exhalar una negra columna de humo que parte de la ventana detrás de la cual murió el padre.

Terminó el bachillerato, entró en la universidad, hizo una carrera breve y un día se presentó a un curso para azafatas de la línea Lan Chile. Un profesor de inglés le pidió que lo hiciera. Ella obedeció porque sabía que detrás de la orden existía una razón profunda, muy importante, que era necesario atender. Por aquellos días no hacían falta muchas palabras para comprender; por otra parte, ella parecía exponer con un cerrado orgullo el hecho de que su padre hubiera muerto en la Moneda.

—Sí; murió con Allende.

Y no decía más, pero todos entendían que esto tenía mucha más significación que exponer un dato; que era mostrar su vinculación no tanto con una muerte, como con una herencia.

Angélica era delgada, con el pelo largo y rubio, pálida, con los ojos azules, la mirada algo triste. Al escuchar inclinaba un poco la cabeza, como si atendiera no tanto a lo que se le decía, como a un mensaje oscuro, no claramente propuesto. En ocasiones reía agitando el pelo, pero no solía ser muy comunicativa ni muy alegre.

En su dormitorio, Angélica tenía una foto de su padre con Pablo Neruda y otra de la Moneda ardiendo; estaban puestas en la pared, sobre la cabecera de su cama. Con sus dos hermanas menores, tenía poca relación; parecían haber nacido en otro tiempo y con otras necesidades.

Las hermanas se quejaban:

—Nunca sabemos lo que hace Angélica.

Un día el profesor de inglés le pidió que aceptara la compañía de un joven teniente del ejército, que la venía asediando, aún cuando discretamente, desde hacía semanas. El interés del teniente había sido observado, no sólo por Angélica, sino también por todos sus compañeros de estudios.

Esta relación sorprendió y enojó a gran parte de la familia, y llenó de estupor a sus compañeros de clase; algunos de los cuales dejaron de frecuentarla.

Angélica se dejaba ver en el cine y en los paseos junto con el teniente y parecía una mujer contenta. El teniente era hijo de un general golpista y su familia tenía fama de ser extremadamente conservadora y clerical. Seis meses duró el noviazgo y durante ese tiempo el teniente le enseñó a disparar con armas en el polígono militar de tiro. Después, y de forma brusca, la pareja se rompió y Angélica volvió, poco a poco, junto con sus antiguos compañeros.

—Me equivoqué.

Eso era todo lo que decía, sin dar importancia a lo que otros parecían convertir en un gesto político desafortunado.

Hacia finales del año 1982, comenzó a volar con Lan Chile después de haber aprobado sin dificultad unos exámenes y pasado por un curso intensivo de entrenamiento como azafata.

Casi un año después empezó a servir en los vuelos 140 y 148, que la llevaban hasta Nueva York. En ambos casos llegaba al aeropuerto Kennedy hacia las diez de la mañana y tenía uno o dos días de descanso.

El profesor había preparado las cosas para que se pudiera encontrar con chilenos que vivían y estaban de paso en la ciudad; gente siempre discreta que un día aparecía con un nombre y otro llamándose de manera muy distinta.

Su tarea se redujo, al principio, a entregar en una cafetería, un parque o la entrada de un cine, una cajetilla de tabaco.

Después aprendió el arte de embutir y se fue convirtiendo en una mensajera eficaz, bien entrenada, cautelosa.

Un cigarrillo en el cual Angélica hubiera embutido un mensaje escrito en papel de china, resultaba tan ingenuo como pudiera ser cualquier tabaco. Los paquetes de cigarrillos eran entregados por ella con una rapidez, habilidad y ausencia de nerviosismo que solía sorprender y tranquilizar al receptor; casi siempre un hombre joven.

Para Angélica estaba claro que el próximo movimiento de acción violenta en su tierra, se estaba gestando en Nueva York.

La noche anterior a la salida de su cuarto viaje, recibió en su casa un ejemplar ajado y amarillento del diccionario *Appleton's New*, de 1940. Esto significaba que tenía que encontrarse a la mañana siguiente con el profesor de inglés, antes de tomar el autocar que llevaría a toda la tripulación al aeropuerto. Angélica siguió cuidadosamente las instrucciones; caminó en dirección contraria a las gentes que invadían la acera. Esto es lo que llamaba el profesor «La ruta de caminamiento.» Después venía el contrachequeo y los puntos de observación. Toda una técnica repetida cien veces. Al fin entró en una cafetería que daba a dos calles. Estaba segura de que nadie la había seguido.

El profesor le dio un libro sin envolver; parte de las páginas habían sido cortadas en su centro para dar cabida a un fajo de billetes de cien dólares.

El libro era un ejemplar de *Mare Nostrum*, de hotel Plaza de Nueva York.

—Dile que no hay problema de dinero.

El libro era un ejemplar de *Mare Nostrum*, de Vicente Blasco Ibáñez, editorial Prometeo, de 1944.

Era un ejemplar sucio y grueso, que nadie le pediría prestado a Angélica.

Los equipos de vuelo de la compañía Lan Chile, vivían, por entonces, en el hotel Hilton, en la Avenida de las Américas. Conformaban una familia frívola, surcada por aristas dolorosas que estaban en constante roce entre sí; se producían súbitos enamoramientos y rupturas repentinas. Entre la tripulación, Angélica tenía fama de introvertida y egoísta; las compañeras preferían mantenerla aparte de sus confidencias y los varones no sentían demasiada apetencia por esa muchacha delgada y un poco seca.

En el mes de septiembre de 1984, Angélica había recibido la noticia de que se le había concedido una beca para acudir a un curso especializado en Nueva York. Al curso asistirían azafatas de varios países. Durante seis semanas tendría su habitación en el hotel Hilton y recibiría quincenalmente su sueldo íntegro.

El día 17 de septiembre salió a la Avenida de las Américas y comenzó a caminar hacia el sur. Tenía cuatro días antes de que se iniciaran las clases.

El día 17 fue lunes; hacía sol. Un día suave, sin ese vientecillo de comienzos de otoño que atraviesa las avenidas como una flecha punzante. Estaba a la altura de la calle 44 cuando decidió dar la vuelta y subir por la Quinta avenida, hasta el Museo de Arte Moderno. No fue ni tan siquiera una corazonada; sino una apetencia perezosa.

En los sótanos del Museo estaban exhibiendo una serie de documentales sobre Chile. Angélica tardó en darse cuenta de que estaba siendo víctima de una serie de casualidades sorprendentes. En la pequeña sala, muy oscura, se advertía la presencia de siete u ocho personas. Los documentales aparecían sobre cuatro monitores de televisión.

Se sentó y de pronto la sombra de su padre se puso en pie, dentro de la diminuta sala, en medio de la oscuridad, tan fuerte y vigoroso como ella no lo recordaba; duro y acusador como no lo había imaginado nunca.

Una de las personas que estaban cerca de Angélica encendió un cigarrillo y otra murmuró una advertencia. El cigarro se apagó de inmediato.

El encuentro

El Museo de Arte Moderno de Nueva York, había organizado en una de sus pequeñas salas la exhibición de varios documentales sobre Chile y sus problemas políticos. Eran materiales procedentes de países europeos. Se exhibía *The Autumn of the General*, del belga Joahn Depoortere; *Chile: 10 years of dictatorship*, de los holandeses Marcel de Groot y Gert Corba, y una serie de reportajes grabados en Chile por la televisión francesa y dirigidos por un español apellidado Berzosa.

Algunas personas entraban y salían al poco rato de la sala y en ocasiones se escuchaban palabras murmuradas en español; una joven salió cabizbaja y evidentemente llorosa.

El dictador aparecía una y otra vez, contemplando la cámara con unos ojillos entrecerrados y malignos, exhibiendo una falta absoluta de sentido del humor y moviéndose con la seguridad de quien pisa suelo conquistado. Los testimonios de torturas, de hambre y los gritos de protesta se sucedían en las pantallas.

Gregorio Charles había apagado su cigarrillo atendiendo a la advertencia susurrada por una anciana vecina. No había llegado a la calle 53 siguiendo un impulso, sino guiado por la noticia de que podría ver programas dedicados al mundo hispano. Cuando se acomodó frente a una de las pantallas, no sabía en dónde estaba Chile ni tampoco quiénes gobernaban el país.

Angélica había llegado unos treinta minutos antes, pero tardó en saber que se estaban pasando los documentales sobre Chile en los sótanos. Así que, prácticamente, comenzaron a ver los filmes al mismo tiempo.

Una hora después, Angélica, con las manos apretadas sobre los muslos, asistió por primera vez en su vida a una escena que le habían narrado muchas veces; el bombardeo del Palacio de la Moneda. Angélica, de pronto, perdió su serenidad mantenida con esfuerzo, y sintió que iba a gritar. Un joven apareció a su lado, la sostuvo y luego la sacó de la sala. El joven preguntaba, en inglés, si se encontraba bien y ella agitaba la cabeza afirmando, mientras subían las escaleras y luego salían del edificio. Un policía negro acudió también, a sujetar un brazo de la muchacha, que respiraba con dificultad.

Ya en la calle, Angélica sonrió pálidamente y el joven se quedó frente a ella sin saber qué actitud tomar.

Al fin Gregorio Charles se ofreció a invitarla a un café y ella aceptó.

Días después se asombraban ambos de cómo se entrelazan de manera tan confusa los hechos que darán lugar a amores apasionados, decisiones irrefrenables, dolores y risas. Mientras tomaban un café aguado, él supo de Chile y ella de Albuquerque.

El jueves siguiente, se encontraron en las escaleras del Museo Metropolitano de Arte, sentados al sol, mientras unos muchachos negros bailaban siguiendo la música de un enorme aparato reproductor de cintas magnéticas.

No entraron al museo, sino que reanudaron la charla y bajaron caminando por la Quinta Avenida hasta cerca del hotel Plaza.

Después entraron en el zoológico.

Angélica se extrañaba de que detrás de unas verjas se ofrecieran al espectador un grupo de burros. Charles no entendía que aquello pudiera asombrarla.

—En mi país los burros no están en los zoológicos, sino fuera. En el campo, libres.

—¿Y los leones?

—No tenemos leones.

Angélica señalaba con el dedo un grupo muy numeroso de niños pequeños, que se acercaban a los burros, guiados por una maestra.

—Les interesan más los burros que los leones.

Él parecía estar de acuerdo con los niños; los asnos eran más graciosos, más simpáticos. Los leones apenas sí se movían con gestos lentos, amodorrados. Los burros hacían reír a los niños.

—En mi tierra, los niños no miran a los burros.

—Aquí, ya ves, no miran a los leones.

Estaban uno frente al otro, sonrientes, vestidos ambos con pantalones vaqueros y camisas blancas, él bastante más alto que ella, más moreno, ella con el pelo rubio, suelto hacia atrás. El día era cálido, pero un suave airecillo llevaba y traía por todo el zoológico el olor a las bestias apresadas. Un burro muy joven rebuznó en ese momento, y el muchacho tomó la cabeza de la joven y la besó en los labios sin prisa, y también sin fuerza. Ella dejó los brazos caídos mientras era besada y al final sonrió de nuevo, como muy conmovida.

Después se tomaron de la mano y siguieron caminando por el pequeño zoológico, sin hablar, pasando ante los ancianos que comen rosquillas, dan pedacitos de pan a las palomas, leen un libro acomodados sobre las bancas de madera pintadas de verde.

Cuando salían del parque ya eran las dos de la tarde y no habían comido. Bajaron por la Avenida de las Américas hasta el hotel de Angélica, subieron a la habitación y se acostaron juntos.

La cita en el Plaza

A las cinco de la tarde el *hall* central del hotel Plaza es un remanso apacible y de una elegancia antigua que se deja llevar por los valses que un quinteto de cuerda interpreta de manera correcta.

Los músicos saludan gentilmente a las damas que se sientan a tomar té o cocteles de champaña y exhiben sombreros adornados con perlas.

Es un lugar ideal para tener reuniones discretas, porque no parece posible que conspiradores o grandes hombres de empresa elijan tal sitio para celebrar juntas o sostener discusiones.

Angélica llegó antes de la cita y pidió un *silver fizz*; el camarero la miró como aprobando su decisión y se fue sorteando con habilidad las mesas. Antes de que llegara su bebida, un hombre joven, de pelo castaño, vestido con un traje oscuro y una corbata azul, se acercó a ella y sin pedir permiso se sentó en la misma mesa.

—Tú eres María, yo soy Jorge.

—Sí, Jorge, yo soy María.

Se dieron la mano y esperaron sin hablarse a que el camarero pusiera la copa sobre la mesa. El hombre, que había hablado, al igual que Angélica en español, dijo ahora en inglés:

—Otro igual para mí.

Su inglés era más deficiente que el de la muchacha, pero no parecía preocuparle mucho; ya que siguió hablando en inglés y refiriéndose a la orquesta, hasta que el mesero se fue.

Ella había colocado la novela de Blasco Ibáñez sobre la mesa desde el primer momento; él la miró descuidadamente.

—¿Quién elige al novelista?

—No lo sé.

—Hubiera preferido a Pío Baroja.

Y comenzó a reírse alegremente. Angélica sonrió contagiada.

—Me dijeron que pueden enviar más novelas como ésta. Todas las que necesiten. Que tienen un buen surtido.

—Ya.

El que dijo llamarse Jorge, tomó el libro durante un momento y después lo colocó cerca de sí. Llegó el mesero con la bebida. El grupo musical estaba tocando «El Danubio Azul», y todo el *hall* parecía un escenario decimonónico y amable; los empleados se movían discretamente y las damas que ocupaban las mesas hablaban en cuchicheos.

Jorge dijo: «Un día alguien tendría que escribir un libro contando en donde comienzan las revoluciones.»

Después sacó una cajetilla de Marlboro y se la entregó a Angélica. Estaba cerrada. Ella la abrió con cuidado, pero no extrajo ningún cigarrillo. Después la guardó en su bolsa.

Bebieron en silencio.

—No; ya no necesitamos más literatura. Que guarden los libros para nuestro regreso. Aquí ya no son necesarios.

Angélica le contó que durante un tiempo continuaría en Nueva York.

Jorge ya lo sabía: «Si te necesitamos, te enviaremos un mensaje.»

—¿Qué mensaje?

—Un boleto para un espectáculo. ¿Te gusta el boxeo?

—No.

—El Madison Square Garden es ideal.

—Bueno, iré al boxeo. ¿No resultará raro una joven sola viendo un combate?

—No resultaría raro ni aún cuando fueras una anciana de cien años. Muchas novias van a ver pelear a sus hombres.

—Ah.

Angélica no parecía convencida.

—¿Prefieres una comedia musical?

—No, no. Me es lo mismo.

—De cualquier forma, antes de que ocupes la butaca te conectará un compañero.

—Muy bien.

Angélica se levantó; aún quedaba algo de licor en la copa. Él continuaba sentado, con un aire algo burlón, con el aspecto de un intelectual descuidado que hubiera pedido prestada la corbata a un amigo.

Angélica se inclinó ligeramente para preguntar, muy seria:

—¿Pagas tú?

Jorge volvió a reír:

—Paga don Vicente Blasco Ibáñez.

Después mirando hacia la cartera de la muchacha, dijo ya seriamente:

—Cuida el tabaco. Solamente si algo te parece sospechoso, fuma el cigarrillo manchado con barra de labios.

Ella asintió.

Jorge seguía sentado, sin terminar su copa.
—La cajetilla es un buen berretín.
—¿Cómo?
—As le dicen al escondrijo los compañeros argentinos.
—Ah, sí; no sabía.
—Sal por la puerta que da a Central Park.

Y Jorge se levantó, la tomó con las dos manos por los hombros y la besó apresuradamente en una mejilla. Después volvió a sonreír muy alegremente. Ella se fue un poco sorprendida, atravesando el *hall*; mientras las damas vestidas lujosamente aplaudían al primer violinista, quien saludaba con una elegancia algo desganada.

Estos encuentros habían dejado de asustarla; siempre aparecía un joven distinto, siempre se la citaba en lugares elegantes y, acaso por ello, la sugerencia de que se vieran durante una sesión de boxeo, la desconcertó. Éste era el cuarto libro que entregaba y la primera vez que recibía un paquete de tabaco.

Caminó por la avenida del Central Park, hasta la Grand Army Plaza; estaba tocando un grupo de muchachos. Uno de ellos, un negro muy alto, se adelantaba a sus compañeros y se movía de una forma convulsa mientras soplaba un saxofón dorado. La Grand Army Plaza, estaba ocupada por gente joven, sentada en el suelo en el borde de las fuentes. Un sol agradable iluminaba la escena.

Angélica pensó que muchas veces Nueva York se acercaba muchísimo a su propia imagen en el cine. Después entró en el parque y eligió un sendero solitario.

El profesor de inglés una vez, hacía ya semanas, le había dicho sonriendo:

—La mejor forma de impedir que te sigan, es caminar por el desierto. Pero has de mirar hacia el cielo, acaso te esté observando un satélite espía.

Al cruzar su sendero con la 65, esperó a que pasara un taxi solitario y lo hizo parar; se subió con rapidez. Ni una sola vez había mirado por encima de su hombro.

Charles no entiende a Carlos

El encuentro con Angélica, le había dejado a Gregorio Charles un poso de serenidad y relajamiento; como si la noche compartida apoyara su primer idea de que Nueva York era un lugar apacible, contrario a su fama, fácil de escudriñar y de desentrañar. Angélica fue un cuerpo suave, sin espasmos ni violencias; que había hablado poco y en español, susurrando deseos y satisfaciendo al compañero a través de actitudes y gestos adivinatorios.

Todo había discurrido sin los habituales diálogos estudiantiles de un erotismo aprendido en el cine o a la búsqueda de una satisfacción que estallaba prematuramente y no dejaba sedimento.

Gregorio Charles abandonó el cuarto del hotel con la última sensación del agua caliente y el jabón perfumado.

Dedicó esa mañana a arreglar sus documentos en la Universidad y después caminó hacia el sur, a través del Riverside Park, contemplando el río Hudson y sentándose, de cuando en cuando, en las bancas de madera. Rosario, su madre, solía decir que el muchacho tenía rachas de comportamiento solitario y que era un ser difícil para las mujeres. Con sus amigas reflexionaba:

—Yo creo que ninguna le tocó todavía el corazón. El propio Charles no sabía gran cosa de sí mismo. Durante aquel breve encuentro con el profesor barbudo, en Albuquerque, había preguntado, con un interés ajeno a toda literatura y romanticismo:

—¿Es posible que Charles no entienda a Carlos?

El profesor se había quedado sorprendido y prefirió salir con una respuesta generalizadora:

—Nadie se entiende a sí mismo; sólo los muy ególatras.

Por la orilla del río caminaban ancianos cuidando a sus perros, atados con correas; o corrían jóvenes negros con el pecho desnudo. La mañana era apacible y sobre las aguas navegaban los buques de turismo con las cubiertas repletas de pasajeros.

Una muchacha había conseguido llegar hasta la orilla del río y caminaba levantándose la falda de tela muy suave y transparente; al mover los pies el agua salpicaba gotas brillantes. Acaso fue esta escena, que estuvo mirando durante un rato, lo que hizo que la imagen del bisabuelo hundido en el río Grande hasta la cintura, volviera a su vida. Momentos antes, en la Universidad, había elegido una serie de cursos opcionales, entre ellos una historia de la literatura de frontera, y se había anotado en un *simposium* sobre poesía española moderna. La joven que le atendió, no pareció sorprenderse ante sus elecciones y él se sintió satisfecho de haber afianzado por vez primera, sus dudosas preferencias.

Los perseguidores han dejado de disparar y se inclinan sobre el cuerpo del último hombre caído; están a muy pocos pasos del agua; casi dentro del río. El bisabuelo tiene, colgando de sus manos caídas, las dos pistolas que le pesan ahora como animales muertos. En la orilla los hombres vuelven a mirarlo con una fría calma. Algunos le vuelven a apuntar con rifles y escopetas. Las pistolas han adquirido una inutilidad que las hace extrañas y frías; ajenas. Entonces, el hombrecillo abre las manos y las dos pistolas entran en el agua del río abriéndose camino hasta el fondo de arena. Allí se quedan, mientras sobre ellas el agua, fría, va pasando muy clara, muy transparente.

La muchacha ha vuelto a la orilla y se sacude la falda con fuerza. Al fondo del largo camino, por encima de los árboles muy brillantes, aparecieron, luminosos, los grandes edificios del sur de la ciudad.

Gregorio Charles caminó unos pasos hacia un banco, se tumbó con las manos detrás de la cabeza y estuvo mirando largamente cómo el cielo se iba moviendo pausadamente. De cuando en cuando un perro ladraba a su alrededor.

Al abrir el paso del agua caliente, Angélica, cubierta por una toalla azulada, tomó una pastilla de jabón grande, redonda, y le fue quitando la envoltura. Él había esperado, desnudo, atendiendo a la calmosa manipulación de Angélica, hasta que ella tuvo el jabón en sus manos y lo ofreció de una forma llena de gracia y delicadeza. Después el agua los envolvió a los dos, que no reían ni hablaban, que se miraban a través del agua que iba empañando el lugar y haciendo de cada uno un cierto y cálido fantasma de sí mismo.

En el fondo del río, las dos pistolas se hundían muy despacio en la arena blanca.

El territorio

La zona postal 21, llamada Lenox Hill, acoge una buena parcela de Nueva York; desde la calle 60 a la calle 80. Limita al este con Central Park y al oeste con el río, que está dividido por la Isla Roosevelt. Por esa zona erigieron, hace ya años, fastuosos domicilios los magnates de la época, y recientemente comenzaron a instalarse embajadas e instituciones. El lugar parece tranquilo y los porteros, de elegantes uniformes y gorras galonadas, dan al área una apariencia respetable. Caminando hacia el este, van apareciendo lugares menos confiables y establecimientos menos ostentosos.

En Lenox Hill, se encuentra la Embajada de la India, el Consulado Italiano, el Instituto Francés, e iglesias judías, presbiterianas, cristianas científicas, católicas. Sobre la Quinta y la calle 70, se abre al público lo que fue una de las mansiones más ricas de la ciudad: la casa Frick. Entre las calles 66 y 67, hombres de aire tranquilo y trajes oscuros, con gafas montadas en acero y el pelo cuidadosamente cortado, caminan con periódicos en la mano; allí está la llamada Mission Soviet. Abundan en este espacio los hospitales, siempre instalados hacia la parte este y allí está el impresionante Instituto Rockefeller. Curiosamente, en esta parte de la isla de Manhattan, la Quinta Avenida, contando de derecha a izquierda, es verdaderamente, la Octava Avenida; pero ésta es, sólo, una curiosidad más para sorprender a los recién llegados.

Jorge llamaba a esta concentración «El Territorio.»

Llevaba una relación de los lugares (cines, restaurantes, iglesias, museos) con dos puertas, y había establecido, de acuerdo con una técnica desarrollada por los cubanos, lo que denominó «el manto perfecto» y «la leyenda adecuada.»

El manto, explicó el primer día de reunión, es el aspecto externo que se ofrecerá a la mirada curiosa. El «manto» para ser perfecto tiene que estar relacionado con el verdadero carácter y la verdadera profesión de quien se cubre.

—Un «manto» perfecto será el de un «médico que se hace pasar por médico.»

En cuanto a «la leyenda» es la situación concreta de quien se cubre con el manto; la leyenda adecuada para el médico, será aquella que le permita entrar en instituciones, moverse libremente, tener amigos en las profesiones liberales.

Cuando la «leyenda» no coincide con el «manto», la sospecha se inicia.

Jorge explicaba todo esto, sin perder su sonrisa, ni su aire de hombre más joven de lo aparente; menos fuerte de lo que se iría descubriendo.

El grupo de siete personas, se reunió poco a poco, a lo largo de los meses de marzo, abril y mayo.

Conformaban tres parejas; la más joven de unos veinticinco años y el aparente matrimonio mayor no parecían mayores de treinta o treinta y cinco años.

Llegaron primero los jóvenes; recelosos, inquietos, ella con grandes ojeras moradas y manos temblorosas. Jorge hizo que salieran a la calle y compraran una serie de libros de estudios, que él había elegido antes.

—Compren todo dentro de «El territorio.»

Jorge pensaba que no debían pasar desapercibidos; sino mostrarse al vecindario; saludar, comprar flores, besarse en público. Todos eran chilenos.

El «manto» de los cuatro más jóvenes, era su condición universitaria; la pareja mayor caminaba siempre por las calles cargada con carpetas grandes, en las que, sin duda, guardaban dibujos o proyectos. Estando tan cerca la avenida Madison, salpicada de empresas de publicidad, el «manto» resultaba irreprochable.

Jorge había señalado, ya en el mes de febrero, los dos departamentos a alquilar; ambos estaban en la misma calle, en terceros pisos, frente a frente sobre dos aceras contrarias, de tal forma que desde las ventanas se veían entre sí. El propio Jorge colocó en cada ventana una maceta con flores rojas.

En uno de los pequeños pisos vivía la pareja joven y Jorge; en el otro piso las otras dos parejas.

El día viernes 21 de septiembre, Jorge decidió que iría personalmente a conocer al enlace que tenían con Santiago de Chile; una mujer empleada en una línea aérea, llamada «María.»

Con la novela *Mare Nostrum* bajo el brazo, volvía al «Territorio» caminando, sin prisa alguna, subiendo por la acera izquierda de la avenida Madison; al llegar a la calle setenta, giró con cierta brusquedad hacia el Oeste y entró en el Museo Frick. Recorrió los salones y las habitaciones pequeñas, adornadas con muebles, cuadros, porcelanas.

En una de las salas un hombre estaba sentado en una banca, solo, frente a un cuadro muy grande, que daba una versión heroica de la batalla de Gettysburg.

El hombre era alto, vestido con un curioso traje a cuadros grandes, de hombros muy anchos. Se peinaba hacia atrás un pelo castaño, ya encanecido.

Jorge se acercó a él y le entregó el libro, de forma descuidada

El hombre tomó el libro, miró el título y dijo:

—¿Cuándo van a usar honestas novelas americanas?

Jorge sonrió. Hablaba un inglés correcto, con acento:

—Esta novela cubre todos los pagos. Esperan el material que falta.

—Ya está viajando. Mi negocio consiste en practicar la honestidad.

El hombre alto sonreía despreocupadamente.

—Si necesitan algo más, me busca.

—No creo.

Jorge, ya con las manos a la espalda, continuó caminando a través de algunos salones. Después, al salir de la Casa Frick, saludó al policía negro con un gesto muy amistoso.

Todas las entregas de dinero se habían hecho en este lugar, frente al inmenso cuadro al óleo, dándole los libros al hombre alto y fuerte, que no parecía intranquilo. Fue este hombre el que eligió la vieja mansión de Henry Clay Frick, el millonario, para efectuar los pagos. Un día había dicho, al recibir el libro:

—Los ricos no saben para quién trabajan.

Parecía tener un cierto tipo de humor un poco siniestro.

Otra vez señaló el cuadro:

—Antes no sabían matar.

Jorge ya en la calle, comenzó a caminar más aprisa. También se movía más sigilosamente. Tomó dos taxis y entró en una iglesia, antes de tomar el elevador que le dejaría en el piso.

Le esperaba la pareja joven, el muchacho rubio, pálido, estaba leyendo un libro de ejercicios en inglés; la muchacha estaba secándose las manos con una toalla cuando se abrió la puerta. Ella preguntó sin ocultar sus nervios.

—¿Todo bien?

Jorge sonrió ahora más alegremente que nunca. El joven que leía el libro dijo sin alzar la mirada:

—Esta tiene los nervios peor cada día.

La muchacha lo miró, furiosa, pero entró en la diminuta cocina sin responder.

Jorge se acercó al hombre, le cerró amablemente el libro en las manos y dijo:

—Dentro de unos días tendremos ya en su destino las armas.

Luego Jorge recitó de memoria, en voz alta, gozando, como quien declama una poesía:

—Ocho pistolas, treinta y dos *magnum*, dos mil quinientas balas, 32 *magnum* de ochenta y cinco gramos. Dos pistolas *magnum*, cuarenta y cuatro, ocho pistolas ametralladoras *Uzi*, israelíes, calibre nueve milímetros, *parabellum*, con cargadores de cuarenta balas. Seiscientos tiros al minuto. Cien cargadores; cuatro mil balas. Un lanzagranadas PDG, propulsado por cohetes, con veinte cargas; alcance novecientos veinte metros. Peso mil ochocientos setenta gramos. Y los explosivos; dos kilos, con treinta detonadores químicos.

El joven había dejado el libro en el suelo y miraba a Jorge, sonriente, un poco burlón.

—¿Por qué estás tan contento?

—Entregué hoy la última partida. Hasta el último dólar. Ya sólo nos queda esperar a recibir la orden para volver a casa.

El joven preguntó:

—Dime ¿lo vamos a conseguir?

—Sí, Antonio, lo vamos a conseguir.

Después el llamado Antonio se puso en pie:

—Mira, tenemos que hacer algo. Jesusa cada día está peor. Más histérica. Algo le pasa. La verdad; no la aguanto.
Jorge dijo:
—Esta noche la llevaré al cine. Se calmará.

Los testimonios

Gregorio Charles y Angélica, se encontraron el domingo 23 de septiembre a la puerta de la catedral de San Patricio; cuando llegó él, ya la muchacha lo esperaba sentada en uno de los escalones, al sol. Soplaba un airecillo y Angélica se había puesto un gorro de lana que recogía su pelo rubio. Llevaba un abrigo suave, blanco.

Sonaron las campanas y Gregorio miró su reloj con un fingido sobresalto.

—Te adelantaste.

—Los domingos siempre me despierto temprano.

»Mi madre, desde niño, me saca de la cama los domingos golpeándome con la sección cómica del periódico.»

No se besaron, pero se tomaron de las manos y parecían muy contentos.

Habían estado hablando en inglés, cuando el pidió: «¡Te importa?; preferiría hablar en español; así me ejercito.»

Ella protestaba sin mucho convencimiento: «¡Es que venir a Nueva York para seguir hablando como en mi casa!»

Decidieron «dejarlo a la inspiración»; así pasaban de un idioma a otro y en ocasiones empleaban los dos idiomas en una sola frase.

Gregorio Charles, llevaba un *livais* y una camisa azul. Estaban ante la catedral, de la que comenzaron a salir gentes en masa; esto les hizo huir. El quería volver a ver, de nuevo, los documentales sobre Chile, y ella accedió.

Estaban pasando *«L'automne du general»*, con comentarios en francés y letreros en inglés; por debajo de las voces del narrador sonaban los diálogos de mujeres y hombres chilenos.

Se sentaron en una banca doble y estuvieron viendo y escuchando tomados de las manos.

Un letrero señala «Père Guido.» Es un hombre joven, delgado, de pelo largo, moreno, nariz aguileña, boca grande, labios finos.

Padre Guido: «La situación es dramática.»

Comentarista: «Nous dennon à manger chaque jour a quelques 140 personnes. Mais un jour, cette bombe va a èclater.»

Gregorio Charles quería saber: ¿Quién es él?

Angélica: Un cura; creo que ya ha muerto.

Comentarista: ¿Estas gentes han vencido ya el miedo?

La voz del Padre Guido, bajo la voz francesa: «Si, sí en gran medida. Pero aún sufren a causa de la policía.»

El texto en inglés: «La revuelta ha ganado todas las capas de la población.»

—¿Quién hizo este programa?

—Los belgas.

El documental terminaba con una canción en español que una voz francesa iba traduciendo:

Du plus profond de la Patrie
s'elève la clameur du peuple.
Voice que s'annonce l'aube nouvelle.
Le Chili tout entier commence á chanter.

En la calle Gregorio Charles le pidió a Angélica que cantara aquel himno en español.

Ella lo hizo tomándole del brazo, apretando el brazo con fuerza, sujetándose a su nuevo amigo, cantando muy bajo, susurrando casi:

Desde el hondo crisol de la Patria
se levanta el clamor popular
Ya se anuncia la nueva alborada
todo Chile comienza a cantar.

La última palabra quedó estrangulada y fue a deslizarse en un sollozo contenido entre los dientes; la muchacha apretó su cabeza contra el pecho de Charles y allí se mantuvo, conteniéndose, ocultándose de quienes pasaban por su lado. Él, por su parte, estaba indeciso, casi avergonzado, dejando caer los brazos, mirando a las gentes que, a su vez, los miraban. Después pareció reaccionar como sacudiéndose la sorpresa, la abrazó y fue a preguntarle, con toda la ternura que pudo poner en sus palabras españolas.

—¿Quieres un hilado?

Ella levantó la cabeza, recogió el pelo detrás de las orejas con un movimiento tan nervioso que estuvo a punto de descolocar su gorro de lana y lo miró muy seriamente, sin haberse secado las lágrimas.

—No se dice hilado; se dice helado.

Se miraron durante un instante, después él le pasó el brazo sobre los hombros y comenzaron a caminar hacia la Avenida de las Américas.

Gregorio Charles iba repitiendo, desconcertado, como el que ha visto algo prohibido, un acto privado al que no deben asomarse los curiosos:

—*I'm sorry, I'm sorry, I'm sorry*.

Escribe el profesor de inglés

Pretendo que esta carta se lea cuándo el grupo por mí elegido se reúna por vez primera en la ciudad de Nueva York. Pretendo, también, que el documento sea destruido, pero no olvidado. Entiendo que la acción debe ser arrebatada a los hombres de acción, los cuales, por su propia condición dinámica, no son capaces de aceptar que su labor termina cuando la acción se lleva a cabo, y quieren prolongarse a sí mismos en situaciones en las cuales sus características, que les hicieron idóneos, han dejado de ser las adecuadas.

Nosotros seremos unos seres de acción limitada; es decir, tomaremos en nuestras manos la acción y desapareceremos sin pretender cobrar nuestro éxito y ni tan siquiera nuestro fracaso. Seremos los ejecutores de una acción necesaria para un país.

La aventura está fuera de nuestros planes. El amor por la aventura es uno de los enemigos que corroen a los grupos de acción. Los aventureros buscan la emoción y no la justicia. Los dictadores mueren en sus camas y los colaboradores menores son asesinados por la espalda.

Los hombres de acción son poco prácticos. La propia acción los aleja de su meta.

Nosotros seremos un grupo de ejecutores de una necesidad histórica.

Nosotros demostraremos que para ser gente de acción, basta con proponérselo.

Y en nuestro anonimato encontraremos nuestra virtud.

Ha llegado el momento en que la acción justiciera pase a las manos de la inteligencia. Los hombres de acción no son confiables.

Chile y Otoño feliz

En la Biblioteca Pública encontró una gran cantidad de fichas sobre Chile; libros de geografía, de historia y también novelas. Eligió un libro que se anunciaba ilustrado y fue a sentarse frente a una de las muchas mesas suavemente iluminadas.

Después advirtió que necesitaba un mapa para situar a Chile dentro de América, y lo consiguió rellenando otra ficha.

El mapa estaba lleno de nombres que le sonaban débilmente y de otros con mayores resonancias; Argentina, por ejemplo. Pero; ¿era una república Paraguay? Descubrió el delgado trazo de Chile apretado contra el mar, como una marca hecha con un dedo sobre las Américas.

Gregorio Charles contempló con atención la alta montaña nevada y, sobre ella, un cielo complejo de nubes aborregadas y llenas de sugerencias oscuras. Buscó los Estados Unidos y fue hundiéndose hacia el sur, pasando el Río Grande y atravesando nombres curiosos, zonas de muy distintos colores, países evocadores y lugares más misteriosos que el lado negro de la luna; fue bajando por el papel impreso hasta llegar al final de las tierras, afilado cuchillo penetrando en el mar, y se asombró de su gigantesca ignorancia, de su incapacidad para imaginar lugares, gentes, canciones.

La canción le remitía a Angélica, llorando en la calle, ocultándose el rostro entre sus ropas, estrujándose contra su pecho. Fotos de hombres vestidos curiosamente, paisajes muy alejados de Nuevo México, iglesias y catedrales. Todo un mundo extraño identificado con palabras indígenas y españolas jamás escuchadas. Hundirse hacia el sur, era abrir caminos vagos y entrar en situaciones nunca sospechadas. Y mientras pasaba las páginas del libro, volvía a su memoria la canción de Angélica y procuraba ligarla con las que el profesor español de barba blanca y también las amigas de su madre, cantaban los sábados, a coro, con una dedicación muy armoniosa.

Buscaba cerciorarse en estos mapas y libros de la existencia de cierta relación entre su abuelo el forajido, el cantar de su madre, los chicanos levantando la voz en asambleas, la poesía estudiada en la Universidad y el llanto de Angélica en la calle.

Un río de muy sinuosas sugerencias se abría camino y por él navegaba a tientas buscando el encontrarse con algo que ni conocía ni podía tan siquiera sospechar.

¿Qué cosa era Chile, delgado como un suspiro, que hacía llorar en la calle a una muchacha; que llevaba hasta sus problemas a un grupo de reporteros belgas, que encendía tantas ansias de venganza?

Hasta ese instante, Chile era sólo un sabor picante y una forma de imaginar a una raza de hombres pequeños, cejijuntos, condensados en costumbres difíciles.

Ahora, Chile era una larga tira color verde, junto al azul del mar y también un cura que anunciaba el fin de la paz impuesta, y unos niños que miraban a la cámara con hambre, y una muchacha que lloraba apretando sus narices contra mi camisa, empujando mi cuerpo, horadándome en alguna forma para que busque la razón de todo esto y la traiga a este mismo hueco abierto a la curiosidad y la sorpresa.

Aquí estoy dejándome llevar por razones sin razón, por una intención que ayer no tenía, por una curiosidad que está siendo empujada por algo más que la curiosidad. Aquí estoy, un hombre de Nuevo México, Estados Unidos de América, buscando la razón por la cual una canción hace llorar a una muchacha en la calle cincuenta y tres de Nueva York.

Gregorio Charles devolvió los libros, salió a la Quinta Avenida y fue caminando hasta el hotel Wenworth desde donde llamó a Angélica para invitarla a cenar en el barrio chino.

Ella aceptó; había estado esperando esta llamada desde muy temprano. Y se lo dijo:

—Estuve, desde que me desperté, esperando que me llamaras.

El parecía muy sorprendido.

—¿Sí? No sabía si me querrías ver hoy.

—Pues quiero verte.

—Bueno; muy bien.

Angélica se vistió como una colegiala, una falda muy, amplia gris y la camisa roja, abotonada hasta el cuello. El no se atrevía a contarle que había estado indagando sobre Chile; para Gregorio Charles su inmensa ignorancia de los países de habla española comenzaba a pesarle, aún cuando sabía bien que era compartida por todos sus compañeros de Universidad, en Albuquerque.

Pero él comenzaba a sentirse más obligado que los otros a mirar hacia el sur.

Angélica le contó que el día anterior las alumnas del curso sobre servicios en aeronaves, habían acudido a una clase sobre el valor de la sonrisa.

Por primera vez desde que se conocían, ambos rieron a carcajadas; Angélica iba imitando, en plena calle, las diversas sonrisas que les habían enseñado.

Sonrisa uno: profesional. No se distiende la boca, no se muestran los dientes, no se mira al pasajero a los ojos. Es una sonrisa casi constante que se ha de mantener hasta que el avión toque tierra.

El preguntaba: ¿Y si el avión se cae?

—Pues si el avión se cae, la sonrisa profesional permanece así.

Y Angélica hacía un gesto que estaba entre sonrisa y terror. Reían y reían, moviendo ella su falda muy ligera y escandalosamente alada; él se llevaba las manos a los costados y pedía:

—Otra vez, otra vez enséñame la sonrisa que permanece.

Nunca había sospechado que ella podía hacer estos guiños de actriz cómica.

—Hay una sonrisa que no se puede usar en los vuelos. Es la sonrisa dos. La sonrisa personal.

—¿Cómo es la sonrisa número dos personal?

—La sonrisa dos, personal y prohibida, es la que se hace mirando a los ojos del pasajero. Se enseñan los dientes y se inclina la cabeza al mirar. Es así, poco más o menos.

Y lo miraba con intención de vampiresa.

Él dejaba de reír y una onda de tentaciones se comenzaba a mover allá en lo profundo de su cuerpo.

—¿Hay otra sonrisa?

—Sí, es la tercera, que asegura castigo. Es una sonrisa que sólo se puede usar fuera del avión. La señora que nos dio la conferencia era gorda, y algo fea, así que la sonrisa tres, le salía mal.

—Dime, dime cómo es la sonrisa que amerita castigo.

—Bueno, no es fácil. Primero hay que desabotonarse un poco.

Y se abría con todo cuidado la camisa roja.

—Después se pone el pelo por detrás de las orejas, ves, ¡así!.

—¿Y luego?

—Luego se mira al hombre así y se sonríe así.

Y movía la cabeza, y el pelo rubio ondeaba detrás de ella como un guiño burlón y lleno de promesas.

Él la tomaba, con urgencia por la mano, y preguntaba en inglés.

—¿Qué hotel prefieres, el tuyo o el mío?

—No, no. Quiero, primero, comer chino. Déjame que te lo diga con la sonrisa uno: Charlie, por favor, llévame a un restaurante chino.

Y lo miraba con la sonrisa uno, que era profesional y muy ingenua, y ambos volvían a reír tan fuerte que las gentes los miraban y sonreían también.

Ninguno de los dos había visitado aún el barrio chino; así que tomaron un autocar que les dejó sobre la calle Canal, y a pocos metros entraron en el *Canal Chinese Restaurant*, un lugar de aspecto popular, lleno de gritos y de movimiento. Unos camareros chinos se movían, sin cesar de hablar, dirigidos por una anciana diligente. Ella preguntaba: ¿Qué como?. Y él, adoptando un aire de mundo recién adquirido en los establecimientos chinos de Santa Fe, respondió:

—Tomaremos pato laqueado.

Después discutieron sobre cuál de los dos hoteles sería el más adecuado para dormir una siesta en común. Ambos sabían muy bien lo que significaba siesta.

—Mi madre, que es española, se la recomienda todas las tardes a mi padre.

—¿De dónde es tu padre?

—Americano; él es americano. De aquí.

Después añadió, en español: «De aquí, de este lado.»

Volvieron a reír. Estaban viviendo un día soleado y

feliz; miles de personas cubrían el barrio chino de un trajín burbujeante y risueño; en plena calle vendían abanicos, sandalias, melones, cangrejos. Un chino muy gordo, sentado en el tercer escalón, ante la puerta de su casa, se había descalzado y movía los dedos de los pies con parsimonia y a un cierto ritmo seductor. Un gato le miraba los pies, inmóvil, acaso meditando sobre la conveniencia de atraparlos vivos.

Ella decidió que irían a su hotel, el Hilton, que resultaba más discreto por más ruidoso y transitado.

Al entrar en el hotel, una joven azafata de Lan Chile comenzó a llamar a gritos a Angélica. Quería entregarle un paquete de tabaco que le habían dado para ella en Santiago.

Angélica recogió el paquete, besó rápidamente a su compañera en una mejilla y buscaron el ascensor.

—Pero tú no fumas.

—No, no fumo. Es para el capitán.

Ya en la habitación se desnudaron y él volvió a pedirle que le mostrara, por orden, las tres clases de sonrisa.

Ella añadió una más: «La sonrisa absolutamente perversa que nadie conoce excepto yo.»

Jesusa

El profesor de inglés había reclutado a sus gentes bajo un sistema minucioso; ninguno de los elegidos había sido un activista político, ni habían usado armas o pertenecido a grupos de agitación. Eran seres estudiosos, responsables, angustiados ante la situación de su país. Eran, también, personas que tenían razones personales para sentirse ofendidas por el régimen. El propio profesor debía todos sus conocimientos sobre las formas de destruir un enemigo a lecturas de libros que podían encontrarse sin dificultad en las librerías de México o de Nueva York.

Sus maestros en el arte del disimulo fueron los textos cubanos y argentinos, y el primero y único golpe para allegarse fondos, fue llevado a cabo por una sola persona: Jorge. Había consistido en un asalto a un banco chileno, llevado a cabo de forma tan cuidadosa y limpia que no sólo no había dejado huella, sino que aportó a la reorganización una impresionante suma de dólares.

El robo, del que se hizo eco la prensa extranjera, pero al que en Chile no se le dio publicidad, sirvió para que Jorge pasara de ser un hombre tranquilo y de suave trato a ser un líder lleno de seguridad y de energía.

La primera tarea de Jorge fue recibir en Nueva York a las seis personas que el profesor de inglés le fue enviando. Tres hombres y tres mujeres llegaron en diferentes vuelos; y se instalaron en los dos departamentos alquilados.

El contacto con el vendedor de armas se hizo a través de un antiguo tupamaro conectado en Santiago, y el material llegado a la ciudad en envíos pequeños, fue situado en el sótano de la casa del propio profesor.

Éste jamás dijo a Jorge el número de colaboradores que tenía en el país, aún citando todo parecía indicar que eran muy pocas personas y éstas no conocían los detalles de la organización. La última en ser captada fue Jesusa. Es difícil adivinar por qué el profesor pensó que aquella muchacha pálida, introvertida y con el aspecto de haber sufrido, era un elemento adecuado. Parecía sobresalir en Jesusa una fuerza de voluntad empecinada y silenciosa. Alejada de sus padres, divorciada, sin hijos, con estudios de química y una muy sorprendente cultura general, Jesusa no demostraba ni ambiciones políticas ni sentido de la heroicidad; y esto significaba mucho, como se fue demostrando, para el profesor de inglés.

Ya en Nueva York, su compañero en el plan de acción, Antonio, fue a descubrir que Jesusa tenía un odio reconcentrado hacia el dictador, y que éste parecía estar alimentado por el recuerdo de algún acontecimiento especialmente sangriento y salvaje. Jesusa discutía pocas veces, pero si llegaba a hacerlo, ponía un énfasis tan marcado en sus palabras y una cierta oscura amenaza en sus gestos, que la volvía inquietante para sus compañeros.

Jorge, al recibirla, decidió que formaría pareja con Antonio, que le parecía un hombre tranquilo y concienzudo. Sin embargo, la relación entre ambos fue oxidándose y resquebrajándose con el paso de los días.

La noche en que Jorge la invitó al cine, caminaron en silencio hasta tomar un autocar y vieron la película sin hacer comentarios. A la salida Jesusa quiso saber:

—¿Cuántos, a tu juicio, moriremos?

Jorge fingía dudar:

—No lo sé; pero es posible que nuestras bajas sean mínimas si conseguimos desarrollar sin incidentes las dos claves del éxito: mantener hasta el último instante nuestra clandestinidad y conseguir una sorpresa absoluta a la hora del ataque.

—¿Moriremos, por ejemplo, tres de los siete?

Jorge quería mantener la conversación a un nivel técnico:

—Eso casi significaría el cincuenta por ciento. No lo creo.

Ella dijo: «Si sólo se muriera una sola persona del grupo, yo sé quién sería esa persona.»

Jorge se vio obligado a preguntar: «¿Quién?»

—Yo.

Jorge rió sin ganas: «Ésa es una respuesta poco científica.»

Ella no respondió y no se volvieron a hablar hasta llegar al departamento. Jorge comprobó que la maceta con las flores rojas continuaba en la ventana de los vecinos. Cada quien se fue a su cuarto, pero antes Jorge entró en la habitación de Antonio.

—¿Cómo viste las cosas?

Jorge hizo un gesto de duda: «No lo sé.»

—Está muy mal.

—Pasa por una crisis, todos vamos a atravesar una crisis. Mejor antes que en el momento de la acción.

A la mañana siguiente, uno por uno, salieron de sus casas vestidos con sus trajes de entrenamiento, y trotaron hasta el Parque Central. Desde allí, comenzaron a correr rítmicamente, separados entre sí, pero no lejos unos de los otros.

Jorge se sorprendió a sí mismo vigilando una y otra

vez a Jesusa, incapaz de perderla de vista. Al pasar junto a un árbol inmenso, dejó de correr, se apoyó en el tronco y se preguntó, angustiado, si estaba vigilando a su compañera. Decidió: «No; no la estoy vigilando.»

Y para demostrárselo comenzó a correr en dirección contraria.

Ya llegó

Angélica abrió el paquete de tabaco Cabañas Especial y eligió una de las cajetillas, disimuladamente marcada; dentro venía un cigarrillo manchado de barra de labios. Y dentro del cigarrillo un papel de seda, minúsculo con un mensaje: «Ya llegó.»

Lanzó los restos del cigarrillo y el papel al retrete y luego buscó la cajetilla de Marlboro que había recibido en el *hall* del hotel Plaza; eligió el tabaco marcado con la barra de labios. Dentro venía otra nota con dos cifras; la primera un doce y la segunda un indudable número de teléfono.

A las doce de la mañana marcó el número y Jesusa, que estaba con aire aburrido junto a una caseta pública de teléfono, contestó sin prisa.

—Hallo
—¿Amigos?
—Sí; amigos.
—Ya llegó.
—¿Ya llegó?
—Sí, ésos.
—Adiós.

Habían hablado en español las dos mujeres.

Angélica sabía que ése sería el último mensaje que transportaría a través de toda América; «ya llegó» significaba que todo estaba dispuesto para la acción. Su labor había terminado. Otros se encargarían del resto. A través de estos meses de tan cuidadoso trabajo, sólo había conocido a pocas personas. El profesor de inglés que la había seleccionado, aconsejado, entrenado, dirigido también su vida durante los últimos tres años; Jorge, en quien adivinó al líder, y un par de jóvenes rápidos y silenciosos, que recogían el mensaje y desaparecían sin despedirse.

El mensaje «Ya llegó» significaba que en Santiago se encontraban ya todos los elementos necesarios para llevar a cabo la acción.

El paso siguiente, entendía Angélica, sería que el grupo viajara a Chile y después llevara a cabo el tan cuidadosamente preparado proyecto.

Sentía Angélica en ese momento una curiosa sensación contradictoria; por una parte, sabía que había cumplido con discreción y eficacia cuanto se le había ordenado, y se pensaba liberada de presiones y responsabilidades; pero, advertía en ella una cierta desilusión, porque a partir de ese instante quedaba fuera de la organización, se convertía en una espectadora más de los posibles hechos. Por otra parte, tenía que admitir que su actitud frente a la vida se estaba transformando y que esto, había que admitirlo, era la obra de un Gregorio Charles que le había traído una curiosa paz y armonía interior. El joven norteamericano era mucho más que ese «amor de vuelo» al que se referían constantemente sus compañeras de trabajo.

Gregorio Charles parecía estar ya ofreciéndose como una solución para el futuro y también como una muy agradable esperanza. Pero lo importante, se repetía, es que «ya llegó.»

Cuidadosamente volvió a colocar el papel de seda dentro del cigarrillo y dejó la cajetilla como antes estaba. Después la guardó en uno de los bolsos de su abrigo situado en el armario del hotel. Ninguno de los dos fumaba, así que no corría peligro.

Ramírez

Encontró a Ramírez en la Biblioteca Pública. Tardaron en reconocerse; los años pasados desde que ambos presenciaron juntos el Primer Congreso Nacional de Tierra y Cultura, los habían convertido en seres muy distintos. Ramírez es ya un intelectual con gafas, la piel morena de su raza, el pelo ensortijado y profundamente negro; la mirada calmada y algo triste.

No se habían perdido entre sí de forma total; sabían el uno del otro y se habían ido viendo en la calle o en la Universidad de Albuquerque, siempre de lejos, con un movimiento de manos, un saludo ocasional.

Ahora un curioso sentimiento de solidaridad regional, hizo que ambos abandonaran su trabajo y salieran a la calle. Seguía haciendo un bello sol de otoño en Nueva York; detrás de la Biblioteca, en el Parque Bryant, un grupo de negros escuchaba música rock y bromeaban a gritos. Algunas personas habían iniciado su almuerzo y desplegaban sobre las bancas servilletas de papel. Compraron un refresco y se sentaron ellos también bajo los árboles. Ambos se miraban con simpatía gozando un curioso reencuentro, acaso también liberándose de la silenciosa opresión de la gran sala de lectura.

Ramírez tenía una memoria precisa, señalada por detalles curiosos y a su juicio significativos.

—Recuerdo cuando Reyes Tijerina te levantó en brazos y te mostró a la raza. Eso fue el día 21 o el día 22 de octubre de 1972. Van a cumplirse, entonces, doce años. Tú estabas muy sorprendido.

Gregorio Charles asentía.

Ramírez investigaba:

—¿Lo recuerdas?

—Sí, imprecisamente; pero sí.

—Aquel fue un día importante para mi vida.

Gregorio Charles lo miraba, sorprendido.

—El Comité Central Nacional, hizo una recomendación que jamás pude olvidar. Dijo que era necesario escribir la historia del indohispano con la pluma y con el corazón. No lo olvidé y eso es lo que estoy escribiendo aquí.

—¿Con la pluma y el corazón?

—Sí; así es.

Bebían el refresco despacio, Ramírez como un poco avergonzado por la confidencia.

—Yo tuve durante mucho tiempo colgado en mi dormitorio una orden de un rey que hacía a todos los hispanos de Nuevo México hombres amables.

Ramírez rió de buena gana: «No, no.» Después dijo en español:

—«Gentil-hombres.»

—Ah.

—Tú lo serías en una parte no muy grande; tu sangre indohispana ya se mezcló con la sajona.

—Mi madre es española.

—Es cierto; ahora lo recuerdo. Pero en ti no se advierte la huella de la vieja raza; yo soy raza. Nadie puede dudarlo.

Y el gesto de Ramírez se endureció.

Después hablaron de lo que estaban haciendo; Gregorio contó con sincera humildad, que estaba intentando desentrañar el idioma español, y a quienes lo escribían y también a los que lo hablaban. Pero esto era un trabajo muy lento, lleno de zonas muy vagas de las que no tenía noticia. En la Universidad de Columbia le habían entregado una lista de libros y los consultaba. Incluso tomaba notas. Quiso saber:

—¿Conoces Chile?

Ramírez dejó el refresco sobre la madera y lo miró sorprendido:

—Sí; conozco Chile.

Gregorio Charles pareció despertar de una cierta pereza que había cubierto su expresión y sus movimientos.

—Dime de Chile. Lo que sepas.

Ese día Gregorio Charles escuchó por vez primera, entendiendo su significado, el nombre del dictador chileno.

Ramírez vivía en el Village, muy cerca de la Plaza Washington en donde había alquilado una pieza insignificante; hasta allá se fueron y comieron juntos, en la cocina. Vivía solo.

Gregorio visitaba por vez primera el Village y le pareció un mundo fascinante, muy pintoresco, de gentes despreocupadas y aparentemente felices. Los muchachos tomaban el sol medio desnudos y un joven, con la cara pintada, mostraba números de magia en el centro de la plaza.

—Con la pluma y con el corazón.

—Sí; así es.

—¿Y así escribes la historia?

—Así la quiero escribir.

—¿Escribes en español?

—No, no; no me atrevo. Es malo, pintoresco, mi español. Escribo en mi idioma, con la pluma y con el corazón.

Quedaron en verse a la semana siguiente y Charles le advirtió que acudiría a la cita con una amiga latina.

—Si tienes una amiga, podemos ir los cuatro a un teatro o a cenar.

Ramírez lo miró con una seriedad expresiva:

—Tengo un amigo. Acaso lo invite.

Después añadió, mientras recogía los platos sucios:

—Soy homosexual. Creí que lo sabías.

Gregorio Charles salió de la casa moviéndose entre una serie de impresiones encontradas; pero como en posesión de un elemento que le fortalecería. La idea de que el corazón y la pluma podían actuar conjuntamente era nueva para él; nueva como todo lo que le venia ocurriendo desde su llegada a la ciudad.

Crisis en el territorio

«Ya llegó» era el mensaje esperado y, también, el momento temido; significaba que todo estaba listo para iniciar el último movimiento; la salida del equipo hacia su lugar de destino. Ninguno de los siete voluntarios había visto jamás cómo sangra un herido de bala, cómo grita un moribundo. Ninguno de ellos había tenido, tan siquiera, una pelea callejera. Eran, sin embargo, excelentes tiradores y gente fuerte y sana; rápidos de mente, imaginativos, sólidos hasta el momento.

La vida en los últimos meses había sido monástica, atlética, severa incluso. Habían aceptado una misión absolutamente convencidos de que era necesario destruir a un enemigo que impedía la libertad de todo un pueblo. Se habían jurado no participar de los posibles bienes de la victoria; del premio por el sacrificio.

Hablaron durante horas y horas, estudiando sus diferentes comportamientos en los momentos de tensión: cuando llegaron unos policías al café en el que estaban reunidos; cuando se sintieron seguidos por dos hombres, o cuando sospecharon que el sitio en el que se entrenaban en tiro al blanco, había sido descubierto por unos pescadores. Jorge implantó la más absoluta disciplina en cuanto al disimulo, la precaución, la caracterización de cada miembro en un personaje transparente.

La próxima noticia sería un simple telegrama puesto en Santiago en el que aparecería la palabra «ahora.» Esto iba a significar que el grupo iría saliendo, uno por uno, para Chile en diversos vuelos.

Al llegar a la capital, el profesor de inglés entregaría la dirección de la casa. En ella vivirían, sin salir, hasta el momento de atacar.

Algunos de los bien meditados conceptos de Jorge parecían tambalearse; pensaba, al comienzo de la operación, que las parejas tenían que conformarse de una vez para siempre. Que no habría cambios y que no importaba que el sexo y el amor se involucrasen, siempre que todo ello estuviera comprometido por el deber.

Sin embargo, el equipo más joven estaba en crisis desde hacía ya un par de semanas. Jamás había intentado ninguno de los dos un movimiento cordial hacia el otro; parecían formar una pareja de soldados bien entrenados, pero a los que no unía ningún sentido de solidaridad o camaradería.

Y en los planes de Jorge estaba calculado que el grupo llegaría a la fase final conformado por tres equipos hombre-mujer y una sola cabeza rectora: la suya.

El martes, dos de octubre, se reunieron todos, a las nueve de la mañana, sobre la hierba del Parque Central; habían llegado los vientos rápidos y fríos del océano Atlántico y los habituales corredores usaban toallas sobre la cabeza y bufandas que les cubrían casi el rostro. Otros grupos descansaban después de los ejercicios.

Jorge anunció que lo único que les quedaba era esperar por la orden de partir y que el resto del tiempo en Nueva York, debía ser invertido en conservar el buen ánimo y mantenerse en forma. Preguntó si había alguna sugerencia respecto a la conformación de las parejas o si alguien propondría cambios.

La pareja de más edad, Ramiro y Carmen, se miraron y negaron con la cabeza. Ella era una mujer de treinta y dos años, viuda de un militante comunista chileno. El era un diseñador de muebles que, curiosamente, había encontrado el amor en esta aventura.

Jorge decidió enfrentarse directamente al problema.

—¿Tú qué dices Jesusa?

—No digo nada.

Una pareja de corredores, hombres fuertes, de pelo corto, se acercaba trotando. Jorge se levantó, hizo un par de movimientos gimnásticos con los brazos y comenzó a alejarse.

Los otros se fueron en distintas direcciones.

La única que continuó tumbada sobre el césped fue Jesusa, pálida como siempre, respirando profundamente por la nariz, atusándose el pelo desde la frente hacia la nuca, en una serie de movimientos rítmicos, algo tensos.

Unos minutos después, Antonio consiguió colocarse junto a Jorge y ambos corrieron juntos un largo trecho. Antonio dijo hablando al ritmo de su carrera:

—Está muy mal, no duerme, está comiendo menos y parece tener algo contra mí. Tienes que intervenir, Jorge. Tienes que intervenir.

Continuaron corriendo y veinte minutos más tarde Jorge volvió junto a la muchacha que continuaba tumbada, ahora boca abajo.

—¿Te encuentras mal?

Ella hizo un gesto afirmativo, hundiendo aún más la cara en la hierba.

—¿Qué te ocurre, exactamente?

Jesusa levantó la cabeza y miró a Jorge; tenía los ojos desencajados, el rostro prácticamente blanco, el pelo humedecido.

—Quiero que me prometas una cosa.

—Dime.

—Quiero que me prometas que si todo sale mal, tú me matarás. Que no vas a dejar que me torturen.

Jorge le pasó la mano por la mejilla, en un gesto más amoroso que tranquilizador.

—Sí; yo te prometo que te mato. Pero sólo si las cosas salen mal. Si salen bien, no te prometo nada.

Ella se puso en pie trabajosamente.

—Me voy a casa.

—Debes correr algo más; te tranquilizará.

—No, no. Me voy a casa.

Se sacudió el traje deportivo y ajustó una toalla alrededor del cuello.

—¿Sabes lo que me gustaría hacer, en este momento?

—No, no lo sé. Dime.

—Me gustaría disparar una carga de la *Browning*, entera.

Después fijó los ojos en los de su compañero.

—Al aire.

Y comenzó a caminar, de una forma cansina, lentamente, hacia el cercano territorio.

De todo aquello Jorge sacó la conclusión de que una seria crisis había estallado dentro del grupo.

Pero el aire frío, la mirada de Jesusa, su forma de caminar tan vencida, añadían una pesadumbre que estaba por encima de la simple anécdota o decaimiento de un compañero.

El verano había terminado de una manera repentina; acaso porque se prolongó ese año demasiado, y sobre el parque volaban unas palomas grises.

Jorge pensó: «Creo que esta noche debemos de vulnerar las reglas. Nos reuniremos todos y tomaremos unas copas.»

Después volvió a coincidir con Antonio, trotando ambos, ya jadeantes.

—¿Qué le ocurre?

—Tiene miedo a que la torturen.

Antonio miró a su compañero y después, muy seriamente, respondió:

—¿Eso es todo? También yo tengo miedo y me lo meto en el culo.

La Plaza Washington

El arco del triunfo, pesado, fantasioso y fuera de país, estaba rodeado de gente joven que golpeaba los pies sobre el suelo y aplaudía al grupo de músicos negros. El frío había descendido desde el cielo pálido, casi blanco, y las pequeñas botellas vacías de ron iban cayendo en las papeleras una a una. A medio día todos los jóvenes parecían estar esperando la llegada de un sol al que se habían venido acostumbrando agradecidos. El humo de la marihuana flotaba sobre algunos grupos de muchachos, y los guardias, enormes, de cabezas cuadradas, se alejaban sin prisa, pero concediendo el favor. De pronto una muchacha comenzó a correr, gritando alegremente, se quitó los zapatos y se metió en la fuente agitando los pies. La Plaza Washington aulló de alegría y Emilio Ramírez rió con tanta fuerza como los demás.

Después la joven se subió, con los zapatos en las manos, sobre el borde de la fuente y comenzó a declamar un lírico poema. Los músicos dejaron de tocar y uno de ellos, con una flauta barroca en la mano, se acercó a la declamadora, para hacer un fondo lírico, de arpegios y florituras:

> *Oh, gentes amables*
> *de esta gran ciudad.*
> *Digan ya adiós al sol.*

*El calentó nuestras más bellas zonas
durante muchos días
y puso mis tetas duras
como botellas de Coca Cola.
El pito de mi hombre
es color chocolate
y todos los millonarios
tienen el ombligo oscuro.
Oh, amables gentes
de esta gran ciudad.
Digan adiós al sol.
Cuando llega el invierno
el pito de mi amado
se hace tan pequeño
que tengo que frotarlo
con mis dedos.
Cuando llega el invierno,
mis tetas desfallecen
y hasta los millonarios
se van a la Florida
a rascarse los huevos.
Oh, gentes amables
de esta gran ciudad.
Digan adiós al sol
y hasta el año que viene.*

Silbidos agudísimos, aplausos, gritos, recibieron el último verso de la muchacha, que agitó sus zapatos en el aire, después inclinó la cabeza cubriéndose el rostro con una larga cabellera rubia y se dejó llevar en hombros por tres amigos atléticos.

Ramírez se vio invadido por una ternura que cubría a la muchacha, a los músicos, al joven de la flauta, a los rostros morenos y al pesado arco del triunfo; una ternura humedecida en los ojos y cálida en el corazón. Extendió la mano derecha suavemente y fue a tomar la de John, su amigo. Ambos se miraron y Emilio sintió que la huida del sol no iba a enfriar un amor ya maduro y firme; ya muy profundo.

Emilio Ramírez había terminado por aceptar que el amor tiene razones que destruyen los caminos del sentido común y de la conveniencia; John era muy rubio, fuerte, alto, aficionado al fútbol americano, vago, displicente y amoroso. Ramírez pensaba que el sentido común y su propia identidad, así como sus anhelos de elevar el nivel de su propia raza, le habrían obligado a encontrar el amor en un chicano muy moreno, algo tímido, un poco taimado; en el fondo, rebelde. Pero John había caído en su vida y su cuerpo de forma tal, que toda resistencia resultó vana.

Al comienzo sentía Emilio un cierto pudor en que otros jóvenes de la raza lo vieran con John; le parecía que estaba exhibiendo una traición notable. Después se acostumbró a la mirada, algunas veces crítica, otras solamente burlona, de sus amigos, y terminó por caminar con John a través de todo el Village con un cierto gesto de orgullo exagerado.

John tenía poco tacto, para este tipo de problemas:

—Mi primer amor, era de piel aún más oscura que la tuya.

Sostenían una relación amorosa planteada, sin embargo, sobre bases muy calculadas. Cada uno vivía en su pequeño departamento y dividían los gastos que hacían en común. El padre de John era un comerciante de Dallas, que había entendido la ausencia de su hijo como una bendición. El cheque llegaba cada quince días, sin retraso. Emilio tenía dos becas y esto lo convertía en un investigador favorecido por la fortuna.

La muchacha del pelo rubio, había sido depositada en el suelo y uno de sus atléticos amigos le acariciaba las nalgas suave y despreocupadamente.

Entraban en la plaza, llegando desde la Quinta Avenida, cuando vieron a Emilio que agitaba la mano, dejándose ver. Gregorio Charles, traía puesto un chaquetón de aspecto militar y Angélica un abrigo azul, de tela gruesa.

John besó a Angélica y dio la mano, muy ceremoniosamente, a Charles.

—Los invitamos porque vamos a celebrar mi cumpleaños. Cumplo veintisiete ya.

La fiesta fue en el cercano departamento de John; un lugar recubierto de objetos hindúes, de cortinas y espejos, con alfombras viejas, unas sobre otras, y cojines en el suelo.

Angélica miró incrédula el pastel de chocolate que representaba un pene gigantesco color de rosa. Al sacarlo John reía a carcajadas y Emilio parecía encontrarse incómodo hasta que Angélica comenzó a reír también.

John daba explicaciones: «Lo compré en el *Erotic Emporium*, en la calle 51. Había otro pastel con un hombre y una dama haciéndose el amor sobre una colcha de membrillo dulce, pero no me pareció adecuado.»

Después preguntaba burlonamente qué parte del pene quería cada uno.

Angélica tomó un cuchillo y cortó con divertida violencia el miembro; los tres hombres gritaron al mismo tiempo, como si hubieran recibido el impacto. Angélica rió tanto que tuvieron que darle más ron con coca cola.

Cuando ya se habían calmado, sentados en el suelo, alrededor de los restos del pastel, Angélica dijo, cuidando muy bien sus palabras en inglés:

—Estoy aprendiendo a reír en Nueva York; gracias a ti.

Y besó a Gregorio, mientras Emilio y John los miraban, sonrientes, muy satisfechos.

Después fumaron un poco de marihuana; Angélica no quiso.

El momento de contar historias había llegado, aún cuando los cuatro parecían tener muy poco en común. El humo de la marihuana se acumulaba sobre sus cabezas y John se había descalzado y tenía los pies sobre el regazo de su amigo; éste los acariciaba con la palma de la mano. Desde una gran ventana alta, entraba la luz de la tarde, un poco gris, como convirtiendo el cuarto en una pecera de lentos movimientos y palabras espaciadas.

Fue cuando Gregorio Charles dijo, para sí mismo, que lo importante era convertir la vida en una aventura, en una constante y nerviosa aventura. Y añadió: «El americano aún puede, todavía, vivir la aventura.»

Angélica lo miraba extrañada.

—La aventura no es nada, si no tiene un destino: una razón.

—No, no. La aventura sin destino.

—Estás equivocado. El destino que uno elije es el que lleva o no lleva a la aventura. Los grandes aventureros de nuestros días son los que se ven obligados a serlo .por haber elegido un destino difícil.

Los tres hombres comenzaron a mirarla con interés. Ella hablaba concienzudamente, despacio, eligiendo las palabras inglesas con más cuidado que nunca.

Gregorio no sabía qué decir, la miraba un poco incrédulo.

Ramírez preguntó: «Dime el nombre de un hombre que haya elegido la aventura por obligados hacia su destino.»

—El Ché Guevara.

Gregorio Charles no entendía: «Pero el Ché fue un aventurero.»

—No, no. Tuvo que ser un aventurero.

John se había dormido.

Ramírez estaba interesándose, de pronto, en la joven.

—Tú llamas destino a una elección, a la toma de una decisión arriesgada. A eso llamas destino.

—A una obligación moral.

Gregorio Charles se había perdido: «Pero, y la aventura... ¿qué sería de la aventura sin el espíritu aventurero? Mis antepasados eran gentes de la aventura. Todo este país fue el territorio de la aventura.»

Angélica dijo, de pronto, en español:

«Este país fue el territorio de la esperanza.»

Los dos hombres lo entendieron perfectamente.

El clima plácido de hacía unos momentos parecía haberse crispado un poco; como si en el cuarto hubiera entrado una idea extraña y provocadora.

Ramírez se levantó, fue hacia el refrigerador y sacó unos hielos.

«Creo que estamos hablando del ideal.»

Los pies de John quedaron sobre la alfombra y Angélica los cubrió con un suéter. De pronto el cuarto se enfrió y el cielo, a través de los cristales enormes, comenzaba a teñirse de un azul muy fuerte.

Fue ése el instante cuando Angélica advirtió que de la calle llegaban gritos y carcajadas que no había escuchado hasta el momento. Pensó: hoy es domingo.

—Charlie; creo que voy a llorar.

El muchacho fue hacia ella y la abrazó, sentándose a su lado, mientras Emilio volvía con tres vasos en los que bailaban los hielos.

Pero Angélica, a pesar del clima propicio, no llegó a llorar, porque sonó una campana y Emilio abrió la puerta a mister J.J.

Con el pelo blanco, midiendo más de un metro con ochenta centímetros, ancho de pecho, calzando zapatos enormes y claros, con las manos a la espalda, el .recién llegado miraba desde lo alto, con un gesto cordial y protector.

Su presencia, sin embargo, había roto el encanto y sin que lo despertaran John se puso en pie y saludó a J.J. con un gesto de la mano.

Fue Angélica la que pareció entender primero lo que estaba ocurriendo y la que pasó, ya en la calle, una hora después, la información a su amigo.

—J.J. es el amante anterior de John, pero como hombre civilizado viene a verlo de cuando en cuando.

Emilio no parecía incómodo por la presencia del intruso, sino acaso molesto porque la conversación cambiaba rápidamente de sentido. J.J. aclaró que su negocio consistía en dos tiendas de materiales de deshechos de guerra y en manejar, en California, un pequeño museo del nazismo.

—Ahora las cosas de Hitler interesan mucho.

Angélica preguntaba:

—¿Qué tiene el museo?

—Una gorra del dictador, auténtica. Y brazaletes, pistolas, dos cuadros pintados por él, en su juventud, y también hay una daga con el puño de oro.

Tomó un par de tragos y añadió:

—Claro está que no tiene solamente eso. Creo que exhibo alrededor de dos mil piezas. Fotografías incluidas.

John presentaba a sus amigos como intelectuales.

J.J. dijo algo sorprendente:

—Oh, muy bien. Si no existieran los intelectuales, no habría guerras.

Pero lo decía como un cumplido a una profesión que, según su teoría, animaba el mundo y le daba a su negocio prosperidad. Tendría J.J. algo más de cincuenta años y parecía ser un hombre sólidamente establecido.

John quiso que su antiguo amigo contara alguna de las muchas cosas increíbles que había vivido.

—Una vez estuve a punto de vender a la CIA un aparato muy ingenioso para que se deshiciera del dictador de su país.

Y miraba a Angélica, que lo contemplaba asombrada.

—Sí; hablo del general español Franco.

Angélica prefirió no especificar su nacionalidad.

—Fue por los años setenta y el Señor Franco resultaba ya molesto a la CIA: así que estudiaba la forma de sacarlo del camino. Con mi grupo de colaboradores estudié los gustos del señor Franco, y descubrimos que era un gran aficionado a la pesca en ríos; hablo de la pesca con anzuelo pequeño. Entonces se construyó, en plástico, una trucha arcoiris, de veinticinco centímetros de largo, movida a control remoto. Abría y cerraba la boca y en el vientre llevaba media libra de goma dos.

John reía a carcajadas y Angélica miraba a J.J. profundamente interesada.

—¿Por qué no usaron la trucha?

—Ah; la CIA dejó de interesarse por la prematura muerte del señor Franco, parece que recibió noticias de que estaba muy enfermo. Así que nunca llegamos a colocarla en el río adecuado.

John protestaba:

—Pero la probamos en la alberca. ¿Te acuerdas J.J.? Yo me ponía desnudo en la parte poco profunda y J.J. manejaba el control desde una ventana del primer piso. La trucha venía hacia mí y me tocaba exactamente aquí, con la boca.

Y señala su pene con las dos manos.

—Es increíble lo dócil que era. Obedecía como un perrito.

Gregorio que acaso recordaba las excursiones con su padre, en las que solían pescar en lagos y ríos, quería saber si la trucha era tan perfecta que engañaría a un deportista avezado.

—Era la trucha más perfecta del mundo. Se movía ondulando y podía navegar a media profundidad y también en la superficie. Al tropezar con el hocico en un objeto sólido la goma explotaba o también se hacía estallar a distancia, gracias al mando electrónico.

—¿Y nunca la usaron para destruir algo?

—No, no. El único dictador que gustaba de la pesca era el señor Franco.

Después J.J. hizo un chiste abriendo los brazos exageradamente y riendo antes de exclamar: «A Castro no le gusta la pesca.»

Emilio había estado silencioso, contemplando, acaso con inquietud, el entusiasmo de John.

Siguieron hablando media hora más y luego Angélica dijo que al día siguiente tenía que asistir a una clase a las ocho de la mañana. Era hora de irse. J.J. se fue también y en la calle apretó violentamente las manos de Gregorio y Angélica. Ramírez se había quedado con John para ayudarle a lavar platos y vasos.

J.J. tuvo, en el último momento, un nuevo gesto profesional. Tomó una manga de la chamarra de Gregorio y dijo, de forma muy apreciativa: «Material inglés, de la última guerra. Se usaba especialmente por los voluntarios nocturnos, en Londres.»

La trucha de plástico cargada de destrucción y muerte, fue algo más que una anécdota para la joven chilena; esa noche navegó por sus sueños deslizándose por un río transparente y silencioso y husmeando con cuidado la presencia de un grupo de jóvenes que tenían que huir trabajosamente de ella, chapoteando y alejándose entre tropiezos de la orilla. La trucha tenía los ojos malignamente rojos y pequeños, y el vientre grueso y con la piel tirante.

Para Gregorio el asunto resultaba novelesco y divertido; pensaba que los profesores españoles de Albuquerque, jamás podrían llegar a aceptar que fuera una trucha la que interrumpiera la larga dictadura. Sin embargo, comentaba tan curiosa historia, mientras viajaban en el autobús hacia el hotel de la chilena. El día anterior habían tomado una decisión de orden económico: el trasladó su saco de viaje del Wentworth al Hilton en donde habían metido las cosas de forma disimulada. Angélica dijo a su amigo: «Lo único que hay que hacer es no exhibir tu jabón de afeitar.» Por otra parte, era la única de todo el grupo que dormía sola.

El ahorro resultaba importante para Gregorio Charles, que jamás había pensado en vivir durante tantos días en un hotel, sino en algún cuarto al norte del Parque Central.

Antes de apagar la luz, Angélica murmuró:

—¿Te fijaste que el señor J.J. dirigía la trucha directamente al sexo de John, en la alberca? Eso dijeron.

Gregorio Charles se había fijado; pero quería dormir.

Fiesta en el territorio

Jorge levantó su vaso de plástico y brindó por la destrucción total del enemigo y la instauración de un tiempo bueno para los mejores.

Todos se pusieron en pie y bebieron en silencio; prácticamente ésta era la vez primera que se reunían en Nueva York para cenar juntos. Habían elegido la casa en la que vivían las dos parejas; Jesusa, Antonio y el propio Jorge llegaron en tres momentos diferentes, a pesar de encontrarse tan cerca y de la amable tranquilidad de la calle.

Volvieron a sentarse; estaban en una sala con muebles sin carácter, ni tan siquiera vejez; muebles olorosos a barniz. En las paredes unos cromos que mostraban lagos canadienses, puestas de sol en Nueva Inglaterra, jardines de imposible identificación. En una mesa central habían colocado unas bandejas de cartón metalizado humeantes con carnes envueltas y pasas. Tenían una botella de whisky J. B. y otra de Bacardí; en un cubo verde con hielos, coca colas y aguas minerales azucaradas. Con disimulo todos miraban a Jesusa, que tenía una zona roja y profunda alrededor de los ojos como señal de haber llorado durante mucho tiempo. En una televisión cercana se sucedían imágenes sin sonido. Cuando Jorge dijo, de forma alegre, casi displicente «El momento se acerca», la mujer de más edad, se ajustó un mechón de pelo tras de una oreja y respondió que para ella estas semanas de entrenamiento habían sido felices. El hombre que hacía su pareja, se acercó a la mujer y la besó en la boca. Jorge sonreía y señalaba la comida:

—Bueno; ¿empezamos?

Después, repartiendo las carnes, comentó que a partir de ese momento tendrían unos días de distensión; de tranquila espera. Aguardando la orden telegráfica del único hombre en el mundo que conocía a cada uno de los siete y sabía cuál era la misión individual de cada voluntario.

Jesusa preguntó si podía dedicar los días que le quedaban en Nueva York a caminar sola, por su cuenta, visitando lugares y museos.

Se produjo un silencio difícil; todos contemplaban a Jorge que parecía dudar en consentir.

—¿Por qué sola?

—Necesito soledad; tengo que reflexionar. Quiero liberarme un poco de tanta disciplina. Para mí este tiempo fue horrible: ¿no lo entienden?

Jorge prefirió cortar rápidamente las posibilidades de discutir sobre el comportamiento de Jesusa.

—Bien; tendrás las mañanas libres. Pero te encontrarás a comer en un lugar del territorio, todos los días.

Comerás con Antonio o conmigo. ¿Te parece bien así?

Ella aceptó afirmando con la cabeza, mirando a su plato en el que había puesto un trozo muy pequeño de pavo.

Antonio, de pronto, levantó la voz y dijo, con un gesto alegre que no resultó muy convincente:

—Pido permiso para emborracharme.

Todos rieron y Antonio bebió todo un vaso, sin despegar el plástico de los labios.

La fiesta llevaba camino de ser un desastre, pero la pareja más madura puso música y comenzaron a bailar muy juntos, besándose todo el tiempo. Esto disminuyó la tensión, a pesar de que Jorge quiso bailar con Jesusa y ella prefirió seguir sentada; oscuramente sumergida en sus pensamientos, encorvada sobre su plato, casi intacto.

La tercera pareja, la más silenciosa y tranquila, empezó a comentar su predilección por una u otra arma, la conveniencia de disparar desde muy cerca, los inconvenientes de pasar un tiempo largo sin practicar. Este era un problema muy debatido, ya que Jorge pensaba que era necesario llegar a Chile sin «tan siquiera el olor de la pólvora.» Quería decir que las armas dejaban una huella, no sólo física en el dedo índice, sino también química; una serie de reflejos extraños que podían denunciarlos. El tiempo de descanso serviría para devolverles su imagen ciudadana y pacífica.

—Vean museos o cómprense cosas, no demasiado caras, que no llamen la atención en la aduana. Vayan a donde quieran, que sean lugares comunes y corrientes. Tienen dinero suficiente, no llamen la atención. No salgan, sin embargo, de la ciudad, y sigan mostrándose por el territorio como vecinos educados. Descansen, descansen.

La música seguía sonando y la pareja se movía con gracia por la sala; parecía un matrimonio de profesionales con trabajos bien remunerados en fiesta de sábado.

Antonio dijo: «¿Y qué tal si el hombre se muriera esta noche de golpe? ¿Qué haríamos nosotros?»

El bailarín respondió: «Carmen y yo nos casábamos en San Patricio y seguíamos dos meses de Luna de miel en Nueva York.»

Y, por vez primera en toda la noche, rieron y comenzaron a discutir alegremente esa posibilidad.

Jorge miraba al grupo y pensaba que jamás se había

logrado conjuntar un equipo tan sólido, tranquilo, eficaz, colmado de un profundo sentido de la trascendencia de su misión, ansioso por llevarla a cabo y, sin embargo, o acaso por eso, tan amantes de la vida. Sólo Jesusa... Cuando abandonó la sala en busca de lo que llamó «sorpresa práctica», todos pensaron que se habían producido nuevas noticias; pero Jorge volvió con una bolsa de papel llena de estambres y de agujas para tejer. Mientras lo miraban, sorprendidos, explicó que una de las maneras más eficaces de calmar la ansiedad era «tejer bufandas.»

Josefina, la pareja de José, el doctor, era, según proclamó alegremente, una experta en tejidos y se dispuso a enseñar cómo usar las agujas, inmediatamente. La velada terminó de esta curiosa manera.

Con la pluma y el corazón

—¿Y tu amiga, la chilena?

—Está haciendo un curso de perfeccionamiento; es azafata del aire. Hoy tuvo que volar hasta Washington en un viaje rápido, para examinarse de temperamento ante situaciones conflictivas. Parece que van a fingir un secuestro en vuelo.

—¿Es cierto?

Gregorio Charles siempre se sorprendía ante la tendencia de los latinos de dudar de ciertas afirmaciones que él pronunciaba con toda seriedad.

—Sí; es cierto.

A Emilio, sin embargo, esto de que Angélica estuviera siendo amagada ahora por una pistola, a diez mil metros de altura, resultaba, por lo menos, sorprendente.

—Pero es una comedia; todo fingido. Ella sabe, incluso, el momento en que tres hombres negros se levantarán mostrándole sus armas.

—Oh, de cualquier forma, tiene que resultar excitante.

Su amigo no lo creía así, pero no dijo nada.

En la esquina de la Quinta con la Cuarenta y dos, hay una tienda de un español más pequeña que una mesa de conferencias, en donde venden quesos importados, panes, leche y refrescos. Allí el español les había confeccionado un sándwich enorme, con quesos «auténticamente hispánicos» y lechuga californiana. Sentados en las escaleras de la Biblioteca Pública, comían contemplando el alegre desfile de personas y vehículos. Para Emilio la Quinta Avenida era no sólo el crisol de los Estados Unidos, sino el gran estómago del mundo. Aquí todas las razas se funden y se mezclan, se unen y pierden gran parte de su propiedad para irse convirtiendo en algo más común a todas. Nueva York todo lo traga y todo lo digiere; nadie abandona esta ciudad tal y como entró, sino de alguna manera transformado, digerido. Unos se resisten más que otros; algunos se entregan rápidamente; otros se rinden y no lo saben. No se es neoyorkino por haber nacido en Nueva York, sino por haber sido deglutido veinte minutos después de haber pisado Times Square.

Gregorio Charles escuchaba atentamente; tenía una clara tendencia a examinar con cuidado los argumentos de los demás y a enfrentarlos con los suyos propios. Cambiaba de opinión con lentitud y una cierta cautela. Partía de sus propias dudas y de una muy oscura ansia de llegar a entender, no tanto la vida misma, como su propia manera de responder a cada proposición que la vida le fuera ofreciendo. Acaso pensaba que al final de una cadena de experiencias vividas con verdad y pasión, se encontraría una zona de claridad en la cual fuera posible comprender el sentido de la propia existencia.

Ramírez partía de más teorías, más lecturas y, sobre todo, más dolorosas experiencias.

—He vivido en una universidad de Dallas; prueba a ser allí chicano y homosexual.

—¿Recuerdas que una vez me hablaste de «la pluma y el corazón»?

Dijo esto último en español.

—Sí, sí recuerdo. A mí también me impresionó mucho cuando lo escuché, de niño por vez primera.

—¿Qué significa exactamente?

—Creo que para aquellos que nos pidieron a los historiadores, que usáramos la pluma y el corazón al mismo tiempo, en iguales condiciones, significaba una cosa. Acaso ahora ya signifique otra para mí.

El viento, que recorría las calles de Este a Oeste, atravesando las Avenidas en ráfagas frías, había transformado el panorama: sombreros, abrigos de lana, curiosos capuchones y chamarras pesadas obligaban a un discurrir más lento y perezoso; sólo al atravesar las calles las gentes aceleraban el paso para escapar del soplo que elevaba papeles del suelo y movía con furia el espeso vapor blanco surgido de los enrejados del pavimento. El enorme edificio de la Biblioteca protegía a quienes almorzaban en sus escaleras y un solecito amarillo y falsamente cálido, ponía unas notas sueltas de brillo en las botellas de refresco o en los libros encuadernados en colores vivos. Desde la altura de los escalones, el desfile incesante tenía la fascinación que pudiera ejercer un mar agitado y constantemente distinto.

—La pluma podría ser el oficio, la fidelidad de los hechos, la verdad. Pero el corazón es el que impondría nuestra verdad. La historia es una falsedad y sólo el corazón podrá darle calor y honestidad. Es posible que aquellos hombres tan sencillos del congreso de la raza, nos pidieran una honestidad basada en el amor. Acaso pensaban que nada es cierto, si no es amado.

El bisnieto del hombre que fue leyenda en la frontera, miraba a su amigo, separando con dificultad sus ojos de la multitud.

—No lo entiendo bien.

—Posiblemente pensaban, solamente, que con la

pluma, nada más, no tendría sentido el contar la historia del pueblo chicano. Muchos lo hicieron y como no pusieron amor, la historia resultó sórdida y triste.

—¿Y qué piensas tú?

—Que necesito amar, para seguir haciendo mi trabajo

Emilio miró hacia las nubes, que estaban muy bajas, y entre cuyos resquicios se filtraba el sol desvaído, y señaló que acaso en aquellos momentos los tres negros estuvieran amagando con sus pistolas a la muchacha chilena.

Gregorio Charles miró también hacia arriba, como si pudiera encontrar en el cielo el avión de Angélica.

Una muchacha muy bella, de pelo negro recogido con una cinta roja, se levantó y fue a tirar en una papelera los restos de su comida. Los dos hombres siguieron su caminar con un gesto apreciativo. Después se miraron y sonrieron uno frente al otro. Emilio señaló:

—Yo, a la hora de juzgar la belleza femenina, soy más imparcial que tú.

Después quiso saber si su amigo estaba verdaderamente enamorado de la azafata. Ésta era una pregunta muy difícil para un hombre empeñado en establecer la distancia entre plumas y corazones. La verdad es que no sabía si su amor era amor. ¿Cómo se puede distinguir entre un amor grande y un amor menor, o más pequeño? ¿Incluso, cómo se puede establecer la distancia entre el verdadero amor y el amor falso?

—No lo sé. ¿Tú estás enamorado de John?

—Sí, yo lo estoy. No tengo dudas.

—¿Cómo reconoces el amor?

—Porque lo necesito; necesito a John.

—Ah.

Y parecía como si Gregorio Charles anotara esta circunstancia y la considerara esencial para entender el rarísimo misterio del amor.

Cuando Ramírez comenzó a sonreír de forma muy abierta, su amigo lo miró asombrado.

—¿Ocurre algo?

—No, no. Dime, dime; a tu juicio en dónde habrá más sabiduría encerrada ¿aquí, detrás, a nuestras espaldas, o en todas esas gentes que caminan?

Gregorio Charles era demasiado honesto para improvisar una respuesta.

—No lo sé. De verdad; lo ignoro.

—Yo también lo ignoro.

Se levantaron con calma, tiraron al gran cesto de basura los desperdicios de su comida y volvieron a entrar en la Biblioteca; uno a seguir estudiando a las gentes de su raza, el otro hundiendo su curiosidad cada día más afilada, en un país lejano, alargado y misterioso llamado Chile.

Nadie se mueva de su asiento

Las alumnas del curso habían sido distribuidas en el avión de acuerdo con un rol establecido por los profesores; algunas harían de pasajeros, otras de azafatas y otras tenían, como misión específica, ir tomando notas para redactar, al día siguiente, un documento con observaciones prácticas. En el aparato sólo viajaban tres hombres; los tres negros altos, de piel exageradamente oscura, vestidos correctamente, uno de ellos con gafas de concha. Todos con corbata.

La entrenadora en jefe señaló el momento de iniciar la acción, palmeando con fuerza, y los tres negros se levantaron, serios, incluso amenazadores, y se movieron con una rapidez y eficacia que asombró a todos. Unos segundos después las pistolas amenazaban, prácticamente, a todas las viajeras.

Ocurrieron cosas extrañas, una muchacha norteamericana comenzó a chillar, como si ignorara que estaba dentro de un juego absolutamente fingido. La joven salió de su asiento y quiso correr hacia la cabina. Uno de los negros la sujetó, sin ninguna cortesía, poniéndole la mano sobre la nuca; así la mantuvo mientras otro decía con toda calma, pero con voz muy fuerte.

—Que nadie se mueva de su asiento.

Las cinco azafatas comenzaron a ejercitar sus conocimientos de la llamada «sonrisa tranquilizante.» Miraron a las compañeras que hacían el papel de pasaje y fueron enviando sus débiles señales de calma y paciencia. La joven que había gritado parecía a punto de desmayarse bajo la mano enorme del tipo de la pistola, y fue por ello empujada, sin ceremonias, hasta el lugar que ocupaba antes.

Uno de los asaltantes dijo:

—Si alguien se mueve dispararé mi arma y el avión se irá al infierno.

Para ser un ejercicio, el tono y el vocabulario parecía excesivo.

La entrenadora jefe gritó levantando las manos, muy excitada.

—No pueden hacer eso. Éste es un vuelo regular.

El negro que se había situado en la parte final del aparato disparó su pistola y la entrenadora cayó en el centro del pasillo, sin quejarse.

Durante unos segundos las jóvenes viajeras guardaron un silencio muy tenso, pero éste se resquebrajó pronto en gritos y gestos. El aparato parecía a punto de estallar, presionado por una histeria general.

El mismo hombre volvió a disparar su pistola y las mujeres volvieron al silencio inicial.

La entrenadora en jefe se levantó, alisó su falda y dio las gracias a los tres supuestos asaltantes, de quienes dijo que habían desarrollado perfectamente su labor. Después pidió que al día siguiente las discípulas ya señaladas, presentaran un trabajo firmado en común, en el que juzgaran el comportamiento de las señoritas que habían hecho de azafatas.

—No aterrizaremos en Washington, el aparato, de acuerdo con las instrucciones recibidas, retornará de inmediato al aeropuerto Kennedy. Muchas gracias.

Angélica había estado sentada en su asiento, sin moverse; nunca gritó ni llegó a hacer gesto alguno, pero estaba algo asustada y sobre todo, muy sorprendida. El aspecto de los tres actores negros, elegidos para amedrentar, la forma en que la mujer se había dejado caer en el suelo y el griterío estridente que se produjo, la habían impresionado mucho.

Le contaba todo esto a su hombre, ya en la cama.

—Pero nunca se habló de lo que los asaltantes querían, de a dónde pretendían llevarnos. No se dijo si eran nazis o comunistas, si eran patriotas de algún país o locos. O solamente ladrones. Eso no le importó a nadie y nadie preguntó sobre ello.

—¿Cómo eran los hombres?

—Eran unos gigantes. Pero me indignó que hubieran elegido a tres negros; ellos significaban el mal. Eran la maldad negra y me pareció racista esa elección.

—¿Te hubieran asustado igual tres gigantes blancos?

Angélica no quería responder a eso.

—¿Y si los negros tuvieran razón?

Gregorio Charles encendió la luz para poder pensar con serenidad en esa posibilidad que se abría a su espíritu.

—¿Qué quieres decir?

—Que los negros podían ser miembros de un grupo de patriotas, escapados de una isla, de una cárcel; sólo querían viajar hacia un país libre ¿por qué no?

—¿Más libre que éste?

—Sí; más libre que éste para ellos.

Él ponía sus dos fuertes manos entrelazadas bajo la cabeza.

—Dime, Angélica; ¿les tuviste simpatía a los tres piratas?

—Me disgustó que fueran tan feos. Habían sido elegidos para impedir que les tuviéramos simpatía. Así son estos cursos; quieren que desconfiemos de todos los que buscan la libertad.

El muchacho estaba sorprendido:

—Pero tú; ¿cómo te imaginas a los que asaltan con pistolas un avión?

—Los imagino como yo.

Y después Angélica pidió, cansada:

—Apaga la luz.

El uso afortunado de las armas

El domingo 28 de octubre fue un día de sol incierto y breves ráfagas furiosas, que traían del mar un olor áspero y repentino; los cuatro amigos desayunaron juntos y luego tomaron un autobús para encontrarse en el sur de la ciudad con el señor J.J.

Las dos inmensas torres gemelas se incrustaban en una bruma helada que se movía agitadamente, descubriéndolas en ocasiones y otras convirtiéndolas en fantasmas grises y amenazadoras.

Angélica, aterida, usaba unos guantes rojos adornados con unas borlas voluminosas que se agitaban apenas si ella iniciaba un movimiento.

J.J. los estaba esperando en las cercanías de City Hall, dentro de un automóvil color crema, grande, último modelo.

—Tengo un plan que cubre todo el día de hoy. En principio veremos mi tienda de desechos de guerra. Es la mejor lección de historia que pueden contemplar.

Entraron por la parte trasera del establecimiento, que estaba cerrado.

Una serie de luces amarillentas indicaban un camino sinuoso entre grandes cajones sucios de tierra y cestos llenos de viejas municiones herrumbrosas; del techo colgaban uniformes y fragmentos de paracaídas.

Al llegar a la sala principal, Angélica tomó la mano de Gregorio Charles, pálida y miedosa. Una gran cantidad de maniquíes, vestidos con trajes militares, con máscaras antiguas, tocados con cascos de acero, cargando fusiles y ametralladoras, los estaban rodeando. En el suelo se abrían cajas con fragmentos de granadas, pistolas inútiles, casquillos de fusil y de pistola. Sobre cada objeto o cajón, un letrero en cartulina, escrito de forma chabacana, anunciaba su precio.

J.J. miraba a sus invitados con un gesto entre solemne y burlón; estaba consciente de las emociones encontradas que su teatral exhibición estaba consiguiendo. El clima de la tienda era húmedo, sucio, agresor. J.J. se acercó a un maniquí vestido de paracaidista:

—Ésta es una pieza de valor. Miren por dónde le entró la bala que terminó con la vida de este individuo.

Y hundía el dedo índice en un agujero, a la altura del corazón.

Después, abriendo los brazos, desplegando su gran altura y fortaleza, J.J. dijo:

—Y todo esto es la gran obra de los intelectuales del mundo.

John, parecía el menos impresionado y el más alegre de los presentes.

—Por favor, J.J. expón tu teoría.

El texano fue hacia una caja y tomó los restos de una ametralladora carcomida por el tiempo.

—Nosotros, los violentos, jamás hemos inventado una máquina destructora. Nosotros esperamos siempre que sean los intelectuales los que las vayan creando. ¿Recuerdan a Miguel Ángel? Sabía pintar sonrisas misteriosas en los rostros de los hombres; pero era aún mejor inventando armas. La bomba atómica no la creó un militar; sino un sabio. Todo lo que ven, es obra de gentes cultas, muy sabias, muy intelectuales. Sin ellos casi no nos podríamos matar a gusto.

Y reía, contento de su locuacidad y lucidez.

—Miren este invento. Lanza a su alrededor mil pequeñas bolitas de acero; las coloca hasta quince metros de distancia. Un hombre que estuviera cerca de la explosión, quedaría como un colador.

Después fue hacia una caja cerrada, la abrió, haciéndola rechinar y fue mostrando, uno por uno, a sus invitados un objeto negro, de acero, con un pequeño dispositivo lateral roto.

—Es una mina. Se creó para que saltara ante quien la fuera a pisar e hiciera explosión, justamente, ante los testículos del intruso. El inventor estudió con cuidado la estatura media del europeo, pero no pensó que los americanos somos más altos. Muchos de nuestros chicos, salieron con vida, pero con las piernas rotas.

Después fue hacia una puerta, pintada de rojo, y colocó su mano sobre un candado exageradamente grande.

—Aquí tengo materiales procedentes de las salas de interrogatorio rusas, alemanas y también nuestras. ¿Quieres ver mi colección?

John miraba a sus amigos en espera de una respuesta, pero Angélica negó tan vigorosamente con la cabeza, que Emilio habló en su nombre.

—J.J., creo que ya hemos visto bastante.

—No, no crean. El mundo de las armas es infinito. Es más emocionante aún que el mundo de la naturaleza. Además muchos de estos inventos han sido tomados de la naturaleza misma. También la naturaleza sabe inventar armas.

Gregorio Charles tomó la cabeza de Angélica y la besó en una mejilla. Ella agradeció el gesto con una sonrisa pálida. Pero J.J. no quería ceder.

—Pasen a este patio. Les mostraré cañones ligeros. Tengo varios.

Descorrió una puerta haciéndola deslizarse sobre unos goznes muy engrasados; un aire frío entró con violencia y puso a moverse los uniformes que colgaban de la techumbre. Los fantasmas de tanto soldado muerto parecían agitarse allá arriba, susurrando y entrechocando entre sí. J.J. apagó las luces y las sombras huían por las paredes, acosadas por la luz gris del patio encajonado entre unas tapias altas y sin ventanas.

Era una verdadera colección de cañones sobre ruedas, todos de tamaño pequeño, algunos pintados recientemente de negro, otros rodeados de obuses. Los cañones, a diferencia de los otros materiales, no tenían precio.

—Los están comprando mucho para adornar jardines. Esta semana envié dos cañones a Dallas, a un millonario que tiene en su jardín un pequeño submarino. Yo le vendí el submarino.

—¿De dónde saca tantas armas?

Angélica parecía más tranquila; acariciaba un cañón con sus guantes rojos.

—Es fácil; incluso el Pentágono me vende. Algunas de estas piezas han dado la vuelta al mundo. Aquel mortero de 120 milímetros tiene una vida muy larga. Fue de los misiles que dejamos abandonados en Vietnam; allí se quedó uno de los más grandes tesoros del mundo. Jamás un país había regalado a su enemigo tan inmensa fortuna. Allí se quedaron camiones, hospitales, inmensos almacenes de bombas, motocicletas, automóviles, fusiles por millares, ametralladoras. El problema para los vietnamitas era cómo recogerlo todo, catalogarlo, cuidar que no se les estropeara. Comenzaron a vender. Ese mortero volvió a casa. Así es la vida.

Emilio quería saber: «¿Y alguno de esos fusiles que usted tiene dentro, podrían servir?»

—Sí, seguro. Yo no puedo vender armas si no están inservibles. Pero vienen a mi tienda jóvenes que son capaces, con sólo aceite, un desarmador y un par de limas, de reconstruir una ametralladora. Yo creo que algunas pistolas que se usan en Nicaragua, salieron de aquí.

Angélica lo miraba muy seria: «Y usted, J.J., ¿no se siente culpable?»

—Yo, no. No. De ninguna forma. A la gente le gusta matarse. ¿Sabe usted que el treinta y cinco por ciento de los asesinatos que se producen en Nueva York, se llevan a cabo entre familiares? La gente quiere matarse y prefiere matar a los conocidos. Mis armas, por lo menos, matan a tipos y tipas lejanos, que no conozco.

John salía en defensa de su amigo:

—Éste es un negocio legal; como un almacén de ropa infantil.

—Tiene razón John, pero no negaré que algunas veces estuve involucrado en la venta de armas. Fue una época muy agitada de mi vida. Con sólo un apretón de manos, en el café Verdun, de Sofía, compré trescientas cincuenta pistolas que pasaron por toda Europa escondidas en un automóvil. ¡Trescientas cincuenta... y nadie adivinó la carga del vehículo! Un mes tardamos en arreglar el coche. Era yo más joven, entonces. Vendí las pistolas a Marruecos y atravesaron toda España. En el automóvil viajaban una muchacha rubia y el que se suponía que era su esposo.

—¿Usted?

—No, no. Simple gente contratada.

—¿Cómo llegan las armas a los rebeldes de Nicaragua?

Preguntaba Emilio y J.J., de pronto, pareció perder su alegre espontaneidad.

—Supongo que en barco.

J.J. los invitó a tomar un café en una pequeña oficina, adornada con fotografías a colores. Señalaba un rifle:

—Es un *kalatchinikov*, ruso. Arma excelente. Una gran pieza. Magnífica; los americanos hemos de reconocerlo. El *kalatchinikov* está ya en todo el mundo. Los hay en Africa del sur; ¿increíble, no? Los anticomunistas los compraron en Rusia, a través de Bulgaria y los pasaron por Austria, para terminar en el Cabo. Éste es un negocio muy fluido, muy rápido. Los gobiernos cierran los ojos y venden y compran sin preguntar mucho.

John, de pronto dijo:

—J.J. Déjales disparar un *kalatchinikov*, por favor. Había una señal de inquietud en los ojos del comerciante.

—Por favor, J.J.; son mis amigos.

—Tendríamos que pasar a la galería.

—Bueno, pasemos. Tráiganse sus tazas.

Tuvieron que bajar más de quince escalones para llegar a un largo túnel, iluminado muy violentamente. Al fondo se alzaban unas pacas de paja dorada y sobre ellas el perfil, sobre una madera prácticamente destruida por los impactos, de un hombre.

El *kalatchinikov* fue pasando de mano en mano, siendo sopesado, acariciado también. Era un arma pesada y con un aspecto siniestro. El primero en disparar una ráfaga fue el propio J.J. El túnel ensordeció a todos y J.J. les fue ofreciendo unas orejeras de plástico y tela. John disparó apoyando el fusil ametralladora en la cadera, con una sonrisa casi infantil. Charles acarició el arma, la sopesó y dijo que él estaba acostumbrado a escopetas y rifles de caza. Angélica se quitó con un gesto muy serio los guantes y sin apuntar disparó toda la serie de treinta y nueve balas. Cuando devolvió el kalatchinikov estaba rodeada de miradas sorprendidas. Angélica parecía disfrutar en ese momento y vengarse así de la angustia que le había invadido momentos antes. J.J. la felicitaba:

—Muy bien, perfectamente. Resistió usted la fuerza del retroceso del arma como una veterana. Usted ya disparó armas antes.

—Sí; pero más ligeras. Nunca una como ésta; es pesada.

J.J. se inclinó muy cortésmente sobre Angélica, para decirle que era una mujer sorprendente. «Muy sorprendente.» Gregorio Charles pensaba lo mismo.

Salieron a la calle en silencio; Gregorio Charles aún ensordecido por el estruendo de los disparos. El *kalatchinikov* no se parecía a las escopetas de caza de su padre.

Era ya la hora de almorzar y J.J. anunció que los llevaría al Julius, que abre los domingos.

—Está aquí cerca, en la calle 10, con Waverly. Hacen unas hamburguesas excelentes, muy buenas. En Julius yo he visto a intelectuales como ustedes; Truman Capote y Tennessee Williams, por ejemplo. Allí levantaban, hace poco tiempo, a sus muchachos. Lugar con mucho carácter; mucho.

Julius

Las mesas son solamente viejos barriles de madera pero las paredes exhiben con orgullo los rostros de gloriosos clientes, muchos de ellos ya desaparecidos. El local tiene aún el aire de los días de la prohibición alcohólica y se diría que suena la música de *jazz* con el que fue inaugurado. En una mesa cercana, un grupo de jóvenes hablan en francés y la firma de Bob Hope se sitúa en lugar de honor. Un par de muchachos se han pintado exageradamente los ojos con sombras violeta y llevan el pelo teñido con reflejos rosas.

Hay algún grupo que otro, pero el clima es tranquilo y los licores parecen honestos.

—Aquí nos conocimos John y yo. (Dijo, sin poner gran énfasis, J.J.).

John afirmó: «Son esos lugares a los cuales dejas de acudir, cuando ya has formado una pareja estable.» Y miró sonriente a Emilio, quien agradece la gentileza con un guiño discreto.

Angélica estaba sentada junto a Gregorio Charles, que parece el más desconcertado.

—¿Por aquí venían Tennesse Williams y Truman Capote?

—Sí; Julius fue siempre un buen lugar de caza.

Angélica dice que ella ha leído a los dos, pero en español.

J.J. pide hamburguesas y vino blanco californiano.

Emilio Ramírez levantó su vaso e hizo un largo brindis que aún desconcertó más a Gregorio Charles, en aquella mañana insólita.

Dijo, más o menos, Ramírez:

—Voy a brindar por los intelectuales que no estimulan las guerras, sino que saben soportar sus propios conflictos interiores. Que dentro del corazón llevan una guerrilla en movimiento y el lacerante dolor de una herida que jamás cicatriza. Porque quisieran que el mundo fuera un amplio lugar de paz y, sin embargo, no conocen la paz en su interior; y todas las injusticias, que quisieran vencidas, tienen un aposento angosto en su cerebro. Porque estos hombres cargan sobre su pecho un peso duro situado en lo más profundo de sí mismos. Son seres infelices que, sin embargo, van a dejar a los otros hombres un mensaje de belleza y de remotas esperanzas. Quiero dejar constancia, este domingo, de una emoción muy limpia; la de estar en este sitio en donde un día estuvieron dos hombres tan marcados, confusos y, sin embargo, claros, como fueron en su día los señores Truman Capote y Tenesse Williams. Sin sus escritos yo no sería lo que soy. Sería menos.

Y bebió todo el vaso de vino blanco, dejando que la última gota fuera a posarse en la lengua.

Gregorio Charles bebió también, incapaz de mirar al rostro de su amigo y luego metió, apresuradamente, un bocado de carne en la boca, tragándolo con esfuerzo. Angélica tenía los ojos llenos de lágrimas y John parecía brillante y exaltado.

J.J. fue el último en beber el vino. Lo hizo con calma, a tragos cortos; después dijo:

—Acepto este brindis como una lección muy importante.

La taberna de Julius parecía haber entrado en un largo túnel en penumbra; silencioso y palpitante. Angélica pensó que la sombra de los dos escritores se había acercado y la contemplaban fijamente.

Una serie de sensaciones encontradas agitaban a la joven; las manos le olían a pólvora y la invisible presencia del grupo de Jorge, escondido en esta misma ciudad, hacía que el despliegue de armas y municiones exhibido por J.J. tuviera un carácter realista y macabro, un sentido al mismo tiempo cínico y heroico. Por otra parte, la curiosa relación entre Ramírez, J.J. y John sugería un mundo inaccesible y hermético que sólo podría vislumbrar a través de ese largo monólogo que jamás hubiera sospechado fuera capaz de pronunciar Emilio.

Gregorio estaba turbado, como si hubiera caído en un acto de voyerismo por inadvertencia, pero Angélica sentía la urgente necesidad de saber de sus compatriotas, de Jorge, del proyecto violento del que apenas sí tenía una idea.

Siguieron comiendo y John comenzó a contar sus aventuras en los días en los que aún no conocía ni a J.J. ni a Emilio.

—Veníamos por aquí, éramos un grupo de cuatro o cinco muchachitos. Veníamos, solamente, a excitar a los viejos ansiosos de carne. Yo, por entonces, jamás me abrochaba ni un solo botón de la camisa.

Su risa, sin embargo, no prendía en el resto del grupo.

J.J. agitó las borlas rojas de los guantes de Angélica, al despedirse vigorosamente. Después los miró con un curioso gesto de orgullo y dijo:

—Me voy a mi casa. Desde hace algún tiempo, duermo solo.

Se acerca lo imaginado

Durante la sesión de gimnasia y carreras en el Parque Central, se habían reunido durante unos momentos y Jorge les dijo a sus compañeros, con un gesto optimista, sin dejar de trotar sobre el césped: «Ánimo. Se acerca lo imaginado». Todos sonrieron y se dispersaron entre los árboles; las narices de los corredores estaban rojas y la respiración formaba breves nubecillas alrededor de las cabezas; las ardillas se cruzaban ante Jesusa, que corría con la cabeza baja y los brazos apretados muy tensamente al cuerpo.

Lunes 29 de octubre; se iniciaba otra semana de espera; Jorge temía que en el grupo se comenzaran a presentar resquebrajamientos emocionales; la parte débil era Jesusa.

Fue el profesor de inglés el que eligió a cada uno de los miembros del grupo; todos fueron, en un momento dado, sus alumnos y todos fueron enviados a Nueva York con becas, pretextos, y con el dinero del único y extraordinario asalto al banco.

Jesusa era la hija mayor de un miembro del grupo de amigos del presidente Allende, que habían formado una guardia personal, bien armada y entrenada. El día del asalto al Palacio de la Moneda, el padre de Jesusa se rindió y fue enviado, primero, al Estadio junto con cientos de personas. Después, fue seleccionado con un grupo de siete hombres más, todos ellos reconocidos como gente de confianza de Allende, y torturado. En la tercera sesión, el padre de Jesusa se murió por una falla cardiaca. La familia consiguió algo que parecía imposible; recuperar el cadáver, y vieron el trabajo de los torturadores en la carne del hombre. Una noche, años después, la madre de Jesusa contó todo esto a sus hijos. Al profesor de inglés le pareció Jesusa una mujer tenaz, introvertida, perseguida por el afán de vengar al padre, ajena a toda apetencia sexual, callada y dada a morder sus sufrimientos.

Estudiada durante tres años, al fin el profesor la incluyó en su lista memorizada para crear el grupo de jóvenes que llevaría a cabo el gran proyecto. Cuando propuso a la joven formar parte del equipo, Jesusa pareció adquirir un sentido entusiasta de la vida. Aceptó todos los sacrificios que le fueron impuestos y recibió con un júbilo muy difícilmente reprimido la beca, el boleto y la orden de salir para Nueva York.

Jorge no la conoció sino cuando se reunieron por vez primera todos los miembros de la organización en un hotel al sur de la ciudad; ese día, supieron que ninguno había tenido contacto con las armas ni experiencias en la lucha clandestina. Todos estaban, según expresión del propio Jorge, «limpios como recién nacidos.»

Lo que siguió fue un trabajo cuidadoso de entrenamiento y compenetración. Estudiaron fotografías de la ciudad de Santiago, manejaron armas y dispararon frente al mar una y otra tarde, siguiendo un plan creado por un profesor estudioso y dado a la meticulosidad.

Pero la espera había resultado demasiado larga; algo estaba demorando en Chile la orden de atacar, y el grupo comenzaba a dar señales de cansancio. Lo único que tenían en abundancia era dólares, pero a nadie le parecía oportuno gastarlos en viajes turísticos; eran, de alguna forma, como una cofradía de iluminados en trance de ir perdiendo retazos de su fe.

Antonio se acercó a Jorge.

—Esa chica está mal. La oigo pasearse todas las noches por su habitación. Casi no me habla; yo creo que necesita un médico.

—José es médico.

—Yo digo un psiquiatra. José la vio y le recomendó vitaminas... ¡Vitaminas! Lo que tiene no se cura con vitaminas.

—¿Qué tiene entonces?

Antonio tomó del brazo a su compañero y lo hizo pararse en el centro del camino arenoso: «Tiene que está loca.»

Jorge golpeó dos veces la mano de su compañero, en forma cordial y reanudó la carrera.

—Se le pasará. Todos estamos nerviosos. La espera es peor que la acción.

—¿Quién dijo eso?

Jorge apretó el paso y comenzó a separarse de Antonio, pero gritó sobre los hombros: «Lo dijo, no sé si Platón o Platero.»

Antonio dejó de correr, se llevó las manos a los ojos y los frotó con fuerza. Después volvió al trote, murmurando, ya con una sonrisa:

—Platón o Platero: Estamos locos; pero todos.

Jesusa abandonó el Parque antes que sus colegas, llegó a su dormitorio, se dio un baño de agua caliente; tenía el cuerpo casi infantil, los pechos pequeños y flácidos y las costillas señaladas bajo la piel muy blanca; las manos largas y los dedos delgados y frágiles. Salió desnuda de la tina y tomó un lápiz para maquillarse los ojos; sobre el espejo escribió con una letra grande, de rasgos tan fuertes que la barra negra del lápiz fue quedando en pegotes sobre las letras.

Escribió : «No puedo.»

Después fue a la cocina, caminando desnuda y dejando tras de sí las huellas de sus pies sobre el piso alfombrado. Cuando volvió a entrar en el agua y se hundió con suma fuerza la punta del cuchillo en la muñeca izquierda; el agua se puso roja de inmediato.

El cadáver fue descubierto por Antonio dos horas después, ya que había entrado a desayunar en una cafetería cercana con Jorge, que prolongaba mucho sus ejercicios.

Jesusa se había hundido totalmente en el agua y no se veía su rostro, cubierto por el pelo que flotaba sobre ella. El agua ya estaba fría.

No te fíes, no confíes

—No lo vas a creer.
—Lo creeré.
—Es que tenían por todo el aparato colocadas cámaras de video y nos vigilaban a todas. A las veinticinco chicas; vieron todo lo que hacíamos durante el asalto de los tres negros. Descubrieron que una muchacha, argentina, fumaba a escondidas. Lo vieron todo, todo. Hoy nos pasaron un reporte. Y, ¿sabes cómo salí?
—No; dime.
—Pues salí muy bien. Te diré: salí con siete en temperamental y con ocho de capacidad de reacción y autocontrol. Una chica, africana, sacó cero en autocontrol; creo que fue la que se puso histérica, a pesar de que sabía que todo era falso.
—No entiendo bien; temperamental autocontrolada.
—Eso es lo que dicen. Parece ser que es lo mejor.
—Como tener la dinamita dentro del río.
Angélica miró a Gregorio Charles y fingió ponerse furiosa:
—No te burles.
—¿Qué aprendiste en el curso?
—Una cosa. Te lo diré en español: «No te fíes, no confíes.»
Charles repetía: «No te fíes, no confíes.»

—Sí, lo entiendo.

—¿Y tú, qué aprendes en la Universidad de Columbia?

—Oh, muchas cosas. Te las diré: Cervantes perdió un brazo por pandillero; Lope de Vega salía de una cama para entrar en otra; Quevedo era un mal hablado; el profesor de poética española es marica...

Angélica reía: «Todo eso lo sabemos en Chile a los diez años.»

—¿También lo del profesor marica?

—Eso a los veinte.

Estaban dentro de la cama, desnudos, en el cuarto del hotel Hilton, en el que Jorge ya vivía definitivamente.

—¿Y si aquí también tuvieran aparatos de televisión?

Angélica dijo esto y se sentó en la cama, mirando atentamente los cuatro cuadros de las paredes y el espejo.

—Hubieran aprendido algo.

—No seas pretensioso.

Se volvían a reír, pero Charles estaba orgulloso de cómo la relación amorosa se había ido enriqueciendo; entrando en parajes de pasión que nunca había experimentado. Tenía una nueva curiosidad acerca de la pareja:

—¿Jamás sentiste esto?

Angélica escondía el rostro en el pecho del muchacho para murmurar apenas: Nunca, nunca.

Entonces Charles afirmó muy serio, muy seguro: «Creo que nos hemos enamorado de verdad.»

Ella le reprochó: «Eres como un niñito.»

Él se fue sobre ella:

—Eso, esto... ¿es ser como un niñito?

Después Gregorio Charles se levantó, se colocó en el centro de la habitación y gritó, lleno de alegría disparatada y verdadera:

—¿Han grabado bien todo esto, señores?

A las nueve de la mañana, salieron cada uno para su trabajo; la semana se iniciaba con frío y vientos que elevaban papeles blancos hasta el cuarto o quinto piso de los rascacielos.

Se encontraron, de nuevo, en la tarde y fueron a un cine. Al volver al hotel, a las ocho de la noche, Angélica encontró en su casillero un folleto de la New York Public Library. Se trataba de una exposición: *Censorship. 500 Years of Conflict*.

En el borde inferior izquierdo de la portada del folleto habían escrito con un plumón rojo: «Martes 10.»

El uso de la tinta roja indicaba urgencia. Diez era la hora de la cita.

Reunión general

Rompiendo de nuevo con el sistema de ocultamiento, volvieron a reunirse en el departamento de Jorge todos los integrantes del equipo. Fue en la tarde; habían ya sacado a Jesusa de la bañera entre Antonio y Jorge, y la habían secado y vestido.

En la muñeca tenía una venda blanca, limpia. Colocada sobre su cama, con los brazos al costado, dentro de una bata larga color azul, Jesusa parecía, al fin, descansar; pero su rostro tenía un color de cera blanca y brillante, como si le hubieran untado una crema. Jorge había sacado una botella de *Bourbon* y todos habían bebido una o dos copas.

Estaban en la salita, escuchando la exposición del problema.

Jorge hablaba despacio, cuidadosamente, consciente de que hoy podía ponerse en cuestionamiento su capacidad como líder. Exponía pros y contras como un funcionario meticuloso.

—Necesitamos eliminar el cadáver. Si lo hacemos en un lugar cercano la policía puede repartir fotografías de Jesusa y alguna vecina la reconocerá. Pronto darán con todos nosotros. Debemos de encontrar un sitio que tenga las siguientes características: Que sea lejano, que tarden en encontrar el cadáver, que nadie nos relacione con el lugar. Podríamos ir al sitio junto al mar en donde nos entrenamos con las armas; creo que es peligroso volver al lugar. Pero debemos de encontrar otro sitio desierto, junto al mar. Sólo conocemos bien una carretera; tenemos que irnos por ella; la única que conocemos bien. Pero, no podemos usar autocares, como en las otras ocasiones, y hacernos pasar por turistas. Hay que cargar con Jesusa. Necesitamos alquilar un automóvil. No podemos alquilarlo, porque ninguno de nosotros tenemos tarjeta de crédito, que nos están prohibidas. Entonces, es necesario contar con una persona ajena al grupo. Sólo tenemos una opción; hay que buscar e integrar a María, la mujer que nos sirvió de enlace. ¿Alguna pregunta?

Josefina y Carmen, las otras dos mujeres del grupo, bebían el *Bourbon* en silencio, con los ojos llorosos, pero dignas y erguidas. Carmen era viuda, tenía 32 años y Josefina parecía la más joven y era la más bella.

—Haré contacto con María mañana a las diez de la mañana. ¿Cuánto tiempo podemos tener aquí el cadáver?

José movió la cabeza recibiendo la temperatura de la habitación en el rostro.

—Hay que cortar el clima artificial. Pero debemos sacarla de aquí mañana; pasado mañana en el último caso.

—La sacaremos pasado mañana. Hay que preparar el viaje con cuidado.

Carmen se puso en pie, tenía una servilleta en las manos.

—¿Puedo borrar las letras ya?

—Sí.

Carmen fue al cuarto de baño y frotó con fuerza el espejo hasta que el mensaje de Jesusa desapareció totalmente.

Censorship

Quinientos años de conflictos; libros quemados en hogueras públicas, estatuas a las que se les cubrió el sexo con hojas de parra de metal, películas cortadas, dibujos tachados con tinta negra, gentes a la cárcel, hombres torturados, mordazas y látigos.

Angélica caminaba por la exposición de la Librería Pública de Nueva York, de angustia a terror, de pena en pena. Buscó alguna referencia a su país y no la encontró. Frente a un dibujo censurado de Jean Cocteau se paró largo rato: un hombre tocado con una gorra y cubiertas las ingles con un taparrabos exageradamente voluminoso, tiene a sus pies a una mujer desnuda; el hombre coloca una mano sobre el pelo revuelto de la mujer. Se trata de una ilustración que Cocteau hizo para el *Querelle de Brest* de Jean Genet, en 1947.

Junto a Angélica se fue a situar un hombre, ya mayor, que contemplaba los documentos a través de una gran lupa, acercándola a las láminas con parsimonia. Movía el viejo la cabeza muy lentamente, con aire de pesadumbre. Después se volvió hacia Angélica y dijo:

—No aprendemos.

Angélica sonrió y continuó su camino moviéndose entre los muebles de maderas viejas y olorosas.

Miraba otra lámina, cuando advirtió que el viejo

estaba de nuevo a su lado.

—Aquél dibujo de Cocteau. ¿Sabe usted que está en un libro prohibido.

El viejo movía las manos mostrando toda la exposición:

—Todo *underground*. Todo *underground*.

Después, riéndose y mostrando unos dientes falsos, escandalosamente blancos, dijo, con los ojos chispeantes: «No somos el país de la libertad. Nunca lo fuimos.»

Angélica miró con simpatía al viejo y sin razón aparente le habló en español: «Es cierto, señor. Es cierto.»

Y el viejo, absolutamente feliz, respondió también en un español masticado y lento:

—Ah, muy bien. Claro está que es muy cierto, señorita.

Fue en ese momento cuando ella vio a Jorge, a espaldas del anciano, moviéndose con lentitud, interesado en un gran cartel de la inquisición española.

Consiguieron sentarse juntos ante la pantalla en la que pasaba un largo video sobre la censura en Europa.

—Hola María.

—Hola Jorge.

Hablaron rápidamente, en voz baja, sin dejar de mirar la pantalla.

—¿Tienes tarjeta de crédito?

—Sí.

—¿Una sola?

—No, varias. Tres que sirven aquí, en los Estados Unidos.

—¿Sabes manejar un automóvil?

—Sí, claro.

—Tienes que alquilar uno esta tarde.

—Bueno.

—Tiene que ser grande, con un gran baúl. Un último modelo. Pero no un modelo lujoso, algo que no llame la atención.

—Sí.

—Con el tanque lleno de gasolina.

—¿Otra cosa?

—Sí. Lo alquilas hoy y lo guardas en el estacionamiento de tu hotel. Buscas una disculpa para no ir mañana a tus cursos, anuncias que no irás a través de una compañera. ¿Está claro?

—Sí, muy claro.

—A las seis y media de la madrugada de mañana estás junto al automóvil. Yo llegaré a esa hora.

—¿Qué hay que hacer?

—Prefiero decírtelo mañana.

—Yo quiero saberlo hoy.

Por vez primera se miraron; una ojeada rápida.

Jorge estuvo durante un momento concentrado en el video que mostraba cómo se iban quemando libros en una plaza alemana, mientras hombres uniformados lanzaban nuevos ejemplares a las llamas.

—Tienes razón. Es un trabajo con riesgos. Acaso no quieras hacerlo. Tú sólo eres una mensajera.

—Dime.

—Salgamos.

El caminó primero y ella fue siguiéndole más despacio. Ya en la puerta, el viejo la despidió agitando la lupa.

—Adiós, señorita.

Atravesaron la Quinta Avenida cuando se iniciaba una lluvia muy leve; los paraguas se abrieron de pronto, como un florecimiento a lo largo de toda la calle. Angélica apreció y agradeció el espectáculo con una sonrisa; estaba muy tranquila, caminando sin prisa tras de Jorge, que vestía una larga chamarra de tela azul muy oscura. Torcieron a la derecha por la calle 42 y Jorge entró en la Estación Central. Un mundo de seres apresurados los envolvió a los dos y Angélica tuvo que poner más atención para no perderlo de vista.

Al fin él se sentó en una banca y ella fue a colocarse a su lado. Centenares de personas iban y venían frente a ellos, mientras Jorge contaba, con precisión y sin dramatismo alguno, la muerte de Jesusa y la necesidad de llevar su cadáver muy lejos.

—¿Qué tan lejos?

—He pensado en el Cabo del Bacalao.

Angélica no opinó, pero con una frialdad que era nueva, señaló :

—Por cada kilómetro que cargues un cadáver en un automóvil, aumentas el riesgo.

—Jorge la miró muy sorprendido, sin disimulo alguno.

—Es cierto. Pero tenemos que llevar a Jesusa muy lejos de nosotros. Hay que ganar días. Sé que la van a encontrar, y acaso terminen por relacionarla con alguno de nosotros. Sólo quiero ganar días.

—¿Quién manejará el automóvil?

—Tú; claro está.

Y Jorge se levantó de la banca y unos segundos después se había perdido entre los viajeros cargados con maletas y bolsas.

En la calle, Angélica compró un paraguas escandalosamente llamativo; fue un gesto, pensó, que hubiera reprobado el cauto Jorge; pero por alguna razón absurda y profunda estaba contenta; como si el transportar un cadáver fuera un acto gratificante. Mientras esperaba que un semáforo pasara al color verde, se preguntó qué es lo que diría Gregorio Charles si supiera su conexión con un grupo de activistas políticos. «Él, que no entiende nada de política». Una amable ternura la inundó hasta hacerla capaz de llorar y hubo de aceptar que el norteamericano era una parte esencial de su nueva alegría. El agua caía ya sobre Nueva York de manera constante, muy fuerte.

Algunas personas comenzaron a correr ante ella. Parada, entre el bullicio de los paraguas que la alcanzaban y la evadían, se dijo que por vez primera estaba viviendo. «Porque, sin duda, esto es vivir.» Y apresuró el paso hacia el hotel. Lo primero era alquilar un automóvil capaz de cargar con una muerta. Consiguió un Ford en el propio Hilton y pidió que se lo dejaran en el estacionamiento y que le subieran el resguardo a la habitación. Desde su ventana del piso doce la ciudad se veía a través de una cortina de agua que caía vertical y constantemente. El frío y el viento habían desaparecido; la lluvia estaba lavando el aire y una luminosidad transparente se reflejaba en los cristales de miles de ventanas. Angélica dejó el paraguas en el baño y se quitó el abrigo; después encendió el aparato de radio. John Lennon comenzó a cantar:

> *Imagine there's no heaven*
> *It's easy if you try;*
> *No hell below us*
> *Above us only sky...*

La vieja canción se fue deslizando por el dormitorio entrando en la lluvia pacífica y clara; empapando a la nueva Angélica, que apoyaba su frente en los cristales y se dejaba llevar por la ingenua sugerencia de Lennon, quien quería señalar que sólo hay un cielo, y éste se encuentra al alcance de la mano si se vive en el piso doce. *Imagina*, iba repitiendo Lennon, y Angélica se negaba a imaginar cómo sería ésa Jesusa, que había renunciado a transformar el mundo.

Un golpe de viento hizo que la lluvia se lanzara, durante un instante contra la ventana cerrada y protectora; la muchacha fue hacia la pequeña mesa en la que se amontonaban sus libros y los de Gregorio Charles y tomó una fotografía en la que aparecían los dos, en Central Park, acariciando un asno. John Lennon insistía:

> *Imagina que sólo*
> *existe el cielo*
> *que conoces...*

La voz suave iba sugiriendo imposibles; un rayo de sol atravesó una nube y fue a abrirse sobre el asfalto de la Avenida de las Américas; el tiempo comenzaba a quebrarse en resplandores y a la izquierda los árboles del parque rezumaban verdor. «El invierno aún tardará en llegar.» Y Lennon: «No hay infierno bajo nosotros, sobre nosotros está solamente este cielo.» Angélica miró el reloj y se evadió de todas las imágenes del día (el viejo de la lupa, Jorge en la estación, el automóvil, los paraguas rojos, verdes, morados), para quedarse solamente con ese joven que ríe y acaricia a un borrico blanco y ya viejo. «No es el momento de enamorarme.» Pero, de nuevo, Lennon: «Nada por lo que morir o asesinar.»

Y Angélica: Sí, sí hay algo. Pero a él lo mataron sin que llegara a descubrirlo. Había dejado de llover, pero tomó su paraguas nuevo y salió en busca de la calle y de la cita con su hombre. «Tendremos que vivir de prisa»: eso lo dijo ella. Acaso también lo había dicho Lennon en su día.

A la puerta del hotel una señora muy pulcra vendía flores envueltas con papel de celofán; una sugerencia de sol esclarecía a la ciudad enloquecida y entrañable. Ella volvió a pensar casi en voz alta: «La primavera ha resucitado.»

Dejó de hablar, mirando a los ojos de la muchacha.

—¿Guardarás el secreto?

Ella le dio la mano. J.J. volvía ya, hablando en voz muy alta con uno de los encargados del equipaje. Se veía muy contento, con el sombrero de ala ancha hacia atrás, con un traje claro y sin abrigo. Se frotaba las manos, no con frío, sino como quien acaba de hacer un buen negocio.

—Adiós, déle un beso de mi parte a su Charles.

Y se fueron los dos, en el enorme automóvil.

En el elevador Angélica dejó de pensar en J.J. y sintió que un alegre calor corría por todo su cuerpo. Esperaba a su hombre y comenzó a mirar el reloj, una y otra vez.

—Río Charles; Río Charles.

La busca de una tumba

No salieron en toda la tarde de la habitación y ya en la noche fueron a cenar a un restaurante chino. Gregorio se sorprendía ante el dinero que Angélica podía gastar.

—Prácticamente, durante esta semana, soy rica.

—Pagaré parte de los gastos: «estoy ahorrando mucho dinero en tu hotel.»

Pero ella parecía querer deshacerse rápidamente de sus dólares.

En la mañana del viernes, día dos de noviembre, abandonaron el hotel y subieron al automóvil alquilado en Nueva York. Ella había comprado una biografía, en inglés, de Eugene O'Neill, en el puesto de revistas y descubierto que su tumba estaba en un lugar cercano: el Forest Hills Cementery.

La mirada del escritor la había venido obsesionando desde que vio la fotografía en aquel bar del muelle. Charles no sabía gran cosa de Eugene; había leído sobre él y visto un par de películas hechas sobre sus obras de teatro.

—*Long voyage home*, con John Wayne. Una película vieja, de los cuarenta que pasaron en la Universidad.

Ella recordaba *Anna Christie* con Greta Garbo y había visto en un teatro *Viaje de un largo día hacia la noche*. El título le parecía emocionante.

Los hermanos no se inventan

Fue Jorge el que lo dijo, mirando con un gesto algo estudiado pero penetrante, a sus compañeros: «Ya lo sabemos, los hermanos no se inventan.»

Se refería al hecho de que el profesor de inglés, hacía ya tiempo, les había dicho a cada uno de los conjurados que tenían que comportarse como hermanos durante su estancia en Nueva York. Jesusa, sin embargo, había sido una hermana distante, cauta y misteriosa. Era cierto que cumplió con todo cuanto se le ordenaba y que, incluso, en los ejercicios de tiro con metralleta, ella que era tan débil y tensa, había conseguido destacar. El papel de Jesusa en el acto final era uno de los más comprometidos, tenía que usar una almohadilla sobre el estómago que la hiciera parecer como embarazada y empujar un cochecito de niño. Tenía que vestir la ropa de una mujer de su casa bien peinada y maquillada.

Ella había impuesto algunas razones que basaba en el sentido común:

—¿Cómo podré estar embarazada y llevar otro niño en la carriola?

—Será un embarazo de tres meses, pero ya visible. Así podrás caminar despacio, como algo cansada.

—¿Y si alguien quiere mirar al niño del carro?

—Le dices, con calma, que no lo despierten.

—¿Y si, a pesar de eso miran?

—Entonces verán que en vez de un niño llevas un propulsor de cohetes y veinte cargas.

Y todos rieron aquella tarde, junto al mar, cuando en la playa desierta lanzaron al agua las armas que les habían servido para entrenarse.

—Fue una hermana difícil.

Lo dijo Antonio, aún con un cierto rencor.

—Yo lo sé mejor que nadie. Al principio creo que pensaba que yo podía violarla. Cerraba con llave la puerta de la habitación.

José, el médico, intentaba suavizar con un aire profesional el clima tenso:

—Neurótica que había venido controlándose. Su inclusión en un grupo con una actividad como la nuestra, aceleró la crisis. Por otra parte, la imposibilidad de recetarla adecuadamente fue un factor negativo más. Sólo le podía dar vitaminas y productos que se venden sin receta. Acaso hubiera sido acertado traer, por la mensajera, alguna medicina. Pero no se me ocurrió. Lo lamento; la dejamos muy sola.

Antonio protestaba:

—No, no. Yo hice todo lo posible por acercarme a ella.

Y Jorge: «Bueno, dejemos esto. Era una hermana y la perdimos.»

Josefina, historiadora, veinticuatro años, dijo casi con voz baja, con un acento tenso: «Era una hermana loca.»

Jorge pasó a exponer el plan:

—En el automóvil irán María manejando, Antonio y yo. En el caso de que pasara algo, el resto del grupo se disgregaría y volvería a Chile en aviones distintos.

La razón por la cual había elegido a Antonio, es por su pelo claro y su aire de gringo. María era una rubia que podía pasar por norteamericana y él se cubriría su pelo negro con una gorra grande. Quería que parecieran tres turistas ansiosos de conocer Cabo del Bacalao; el lugar en donde vivió un tiempo Eugenio O'Neill.

Cuando se desembarazaran del cuerpo de Jesusa, seguirían hasta Boston y ellos volverían a Nueva York en tren, en dos departamentos distintos. Llevarían dos mantas grandes que comprarían Josefina y Carmen, cada una por su cuenta, esta misma tarde. Antonio compraría una cuerda de plástico, gruesa, de diez metros y José, el médico, una llanta de automóvil, grande, lo más pesada posible. El cadáver de Jesusa tenía que hundirse en el mar.

La reunión terminó en un clima tan tenso que Jorge pensó que era necesario reconstruir la moral del grupo, apenas si Jesusa dejara de ser el problema dramático que ahora representaba. Pensó, también, que acaso fuera necesario incluir en el equipo de acción a María, para suplir la muerte de la suicida.

José y Josefina abandonaron primero la casa, después Ramiro y Carmen, la pareja de mayor edad. Jorge y Antonio apagaron el aire acondicionado y abrieron las puertas del gran refrigerador que tenían en la cocina; sobre el suelo, de baldosas blancas, colocaron el cadáver. Sólo hasta ese momento cerraron los ojos de la muchacha, que parecían vivos y curiosamente brillantes bajo la luz blanca que surgía del refrigerador.

Era la hora de comer, así que salieron de la casa los dos, cerrando la puerta cuidadosamente con doble llave. Al atardecer, cada cual volvería con aquello que se le había ordenado comprar.

A las siete de la mañana Antonio tendría que estar dispuesto a bajar el cadáver en el elevador; eran tres pisos solamente. Los vecinos, todos ejecutivos o funcionarios, no salían de la casa sino hasta las siete y media o las ocho.

Angélica, a la que todos llamarían María, incluso Jorge, tendría el baúl del automóvil abierto, y Jorge mantendría la puerta de la casa abierta también. Si se acercaba alguien por la calle, María encendería la radio del vehículo y el cadáver quedaría medio oculto en un hueco del portal, hasta que pasara el peligro. Según Jorge toda la maniobra, desde el piso al automóvil, se desarrollaría en dos minutos y medio. Había cronometrado en la mañana el trayecto, había, también, vigilado la calle a las siete de la mañana. En media hora habían pasado tres automóviles y una patrulla de policía. Los dos minutos y medio no sólo significaban la libertad del equipo de acción, sino también el fracaso del atentado que preparaban.

Cuando a las siete y dieciséis apareció, rechinando suavemente los neumáticos sobre el asfalto, la patrulla de policía, Jorge sintió un agudo e instantáneo odio por Jesusa, la maldijo en voz baja. Después repitió:

—Cabrona, cabrona.

Se fue tranquilizando, había estado espiando la calle desde la sala, con las luces apagadas, cubierto por una colcha. A sus espaldas Antonio parecía estremecerse de frío.

—Tomemos un café.

Con el paso de las horas la tranquilidad volvió a ellos.

Ya en la tarde, cuando tenían en su poder las mantas, la cuerda y la llanta, se sintieron tranquilos.

—¿Y si nos detienen durante el viaje a Cape Cod Bay?

—Lo confesamos todo, pero ganamos tiempo para que los demás escapen.

—De acuerdo.

Y Antonio extendió la mano para que Jorge se la estrechara. Fue un movimiento un poco teatral, romántico, del que ambos parecieron después avergonzados.

Se fueron a dormir a las once de la noche. A las seis se levantarían y Jorge iría a buscar a Angélica al hotel Hilton.

Ninguno de los dos fue a la cocina; el cadáver estaba iluminado por la luz del refrigerador; habían aparecido algunas cucarachas.

El viaje

El estacionamiento del hotel es inmenso, frío, iluminado de forma helada; el olor de la gasolina se cuaja en el aire y el piso tiene una delgada capa viscosa y negra. Jorge aparece junto al Ford de reflejos oscuros y sonríe pálidamente.

Angélica, de súbito, descubre que la aventura no será heroica sino sórdida, y se aferra a la imagen cálida de su habitación, con Gregorio Charles desnudo sobre la cama, envuelto en una luz ámbar, aún casi dormido, despidiéndose de ella con un gesto infantil de la mano. Angélica se ha vestido con unos pantalones gruesos y un suéter de lana, con bufanda. Trae en la mano los guantes rojos pero el balanceo de las dos borlas no alegra su caminar; sino pone en el estacionamiento una nota absurda y fuera del helado clima.

El último día de octubre es aún noche cerrada. La ciudad no ha iniciado su violento encuentro con la vida; el automóvil chirria con suavidad por las calles deslizándose sobre las constantes apariciones de columnas de vapor que surgen del suelo con un sonido agudo que durante el día no se advierte.

—Gira hacia la derecha.

Angélica va obedeciendo las indicaciones de su compañero que usa una gorra amarilla, grande y lleva una chamarra color crema.

—Frena después de las bolsas de basura.

La calle está desierta. Ni una sola ventana está iluminada.

—Vamos con suerte.

Angélica asiente y va estacionando el automóvil en silencio.

—Si ves algo anormal, enciende la radio. Fuerte.

Jorge sale del automóvil; esta parte de la ciudad denuncia la presencia cercana del río; un viento húmedo se desliza sobre el pavimento y enfría los tobillos de Angélica que está abriendo el portaequipaje del automóvil.

Con una mano muy rápida apaga la luz que se oculta en el cofre y después mira hacia el portal por el que se fue sigilosamente Jorge.

Son las seis y media.

Jorge vuelve a aparecer con una bolsa grande de tela en la mano, la carga con alguna dificultad. Ella le abre la puerta de atrás del Ford y está ayudándole a meter la bolsa, cuando aparece un joven cargando un bulto largo. Apenas sí Angélica ha tenido tiempo de volver el rostro, cuando el joven mete en el portaequipaje el frágil bulto y cierra despacio, sin apresuramiento, con un golpe muy sordo.

—Vamos.

Ha sido todo tan rápido, tan fuera de peligro, que la angustia que ha tenido apretado el corazón de Angélica, parece fuera de lugar.

Jorge se ha sentado delante, junto a ella, y el joven atrás.

Angélica lo mira por el retrovisor; es un muchacho delgado, de pelo muy claro, de rostro angulado y tenso.

—Es Antonio.

—Maneja por la 278 hasta Cross Bronx, y allí tomas la 95, para salir de la ciudad. No vayas ni muy deprisa ni despacio. Mantente al ritmo de los otros automóviles. Si quieres, puedes encender la radio. Escuchemos las noticias.

Reagan anuncia que instalará nuevos cohetes en Europa, en los Estados Unidos hay veintidós millones de drogadictos, un obrero negro ha matado a su esposa y a sus tres hijos usando un serrucho; el día será frío y caerán ligeras lluvias. Por la costa de Providence se esperan brumas y acaso aguaceros fuertes.

Antonio anuncia:

—Voy a fumar.

—¿Vuelves al vicio?

—Si no lo hago hoy ¿cuándo?

Y los tres fuman, mientras va amaneciendo muy despacio y los edificios altos se van quedando atrás, para que el automóvil atraviese barrios de casas bajas, edificios largos y grises, anuncios luminosos que van palideciendo en la nueva luz del día.

Angélica ha puesto el sistema de calefacción del automóvil y se ha quitado la bufanda.

—No desayuné.

—Lo haremos en la autopista; tenemos doscientas millas por delante.

Cuando ella tose, Antonio, desde su espalda, le pregunta, inquieto:

—¿No te sientes bien?

—Es el tabaco. Nunca fumo.

Y los tres, sonríen. Ya es de día; la angustia parece haberse quedado atrás. Y entonces Angélica quiere saber:

—¿Cómo era Jesusa?

Y Antonio, tan callado y tranquilo, cuenta ahora:

—Tenía solamente veintidós años, pero ya estaba divorciada en Santiago. A su padre lo torturaron tanto, que se murió durante una paliza. Se casó a los veinte años y se separó de su hombre un año después. Él era un joven que había acabado arquitectura. Ella estudió química y en el último año vivía sola. El profesor la eligió por su sangre fría y su forma desapasionada de discurrir; pero cuando llegó a Nueva York, comenzó a cambiar. No fue una cosa que se produjera lentamente, sino de golpe. Un día disparó la metralleta de forma tan atolondrada, que por poco y me mata.

—Antonio, no exageres.

—Es cierto. Tú lo viste. Estábamos en la playa y no terminó con todos nosotros de puro milagro. Estaba enloqueciendo.

—¿Era bonita?

—No, pero no era fea. Últimamente adelgazó mucho; yo creo que ahora no pesa más de cuarenta y cinco kilos.

—¿Por qué se mató?

Antonio: «Miedo.»

Jorge: «Llevamos demasiados días esperando. Angustia.»

La 95 es una ruta amplia, con el mar a la derecha y pueblos pequeños que se presentan de pronto y desaparecen; todos con su servicio de gasolinería estruendosamente anunciado y con restaurantes muy parecidos entre sí. Algunos nombres le suenan mucho a los tres: Stamford.

—¿No traes bolsa?

—La del pantalón, dice Angélica.

—Guarda estos mil dólares; paga el automóvil y el hotel de Boston y si quieres cómprate una bolsa.

Y sonríen los tres.

Ahora es Antonio el que quiere saber:

—¿Cómo te va en Nueva York?

—Es el país más bello del mundo.

—Pero Reagan molesta mucho.

—A pesar de Reagan.

Jorge: «¿Si te necesitamos, pasarías a formar parte del grupo de acción?»

—Sí.

—Dentro de unos momentos llegaremos a New Haven. Parece que no tendremos lluvia.

Pero el día sigue gris, con nubes cenicientas muy bajas; el mar aparece por momentos y es claro, casi blanco, al otro lado de playas también muy pálidas.

—¿En dónde nos vamos a deshacer de Jesusa?

—Conocemos el lugar. Es un verdadero desierto. La vamos a tirar al agua. Después seguiremos hasta Cabo del Bacalao un poco más lejos, como turistas. Allí vivió Eugenio O'Neill.

Pasaron New Haven y, poco después de New London, la rueda delantera derecha del automóvil reventó con un estruendo envuelto en humo negro. Angélica luchó durante unos instantes por mantener el rumbo y al fin pudo dominar el vehículo, al que llevó hasta el borde de la carretera; estaban junto a un prado largo, que separaba la ruta de la playa, en la que un par de personas corrían y hacían ejercicio.

Fue un accidente que duró muy pocos segundos, que aguantaron en silencio, apretando los dientes. Angélica, pálida y resuelta, fue la primera en hablar:

—Estalló el neumático. Era nuevo; algo debimos de clavarle: un hierro.

Se bajó, pisó el asfalto y, de pronto, sus piernas temblaron y estuvo a punto de caer al suelo. Jorge la miraba, intensamente, desde el borde de la carretera. Al fin pudo caminar y se situó junto a los dos hombres; el neumático estaba destrozado. Antonio dijo: «Eso es mala suerte» y Jorge: «Tomemos la cosa con calma.»

Como surgido del aire fue a frenar junto a ellos un automóvil de la policía. Un rostro redondo, carnoso, cubierto por un casco blanco asomó la cabeza para preguntar:

—¿Necesitan ayuda?

Angélica pudo sonreír: «No, no. Okey.»

La patrulla se alejó despacio, como dudando.

Era un momento de mucho tránsito, había aparecido un sol triste y muy lejano que ponía en el pasto un tono verde irreal, como fosforescente.

Antonio estaba murmurando: «Para sacar el neumático nuevo, hay que quitar a Jesusa.»

Jorge: «La ponemos sobre la hierba. Tapada con la manta grande.»

Angélica miraba la caravana de automóviles:

—Tendremos que esperar que dejen de pasar por un momento.

Jorge pidió a Antonio que abriera el portaequipaje.

—María, tú extiende en la hierba la manta y espera allí.

Pasó un enorme autocar colmado de turistas y las ventanas se cubrieron de rostros que los miraban.

Antonio: «Sólo nos falta un helicóptero.»

Sobre la hierba, húmeda, Angélica colocó una manta de colores chillones que encontró dentro de la bolsa grande.

Jorge gritó: «¡Ahora!»

El próximo automóvil se veía venir muy lejos, al extremo de una larga curva. Antonio quitó la tela que envolvía a Jesusa y la tomó en brazos. Un brazo se desmayó lánguidamente. El pelo de la joven se movía en el aire; tenia el rostro blanco; absolutamente blanco.

Moviéndose muy de prisa, fue a colocar el cadáver sobre la manta y Angélica la cubrió con la mitad de la tela.

Desde la carretera Jorge gritó:

—Destápenle la cara.

Lo hicieron, Jesusa tenía los ojos cerrados.

Jorge llegó junto a ellos; el automóvil ya estaba a pocos metros, cuando tomó la cabeza de Jesusa con las manos, muy suavemente, y pidió a Angélica que se sentara sobre la hierba. Cuando el hombre que manejaba el automóvil pasó junto a ellos, mirándolos descuidadamente, Angélica tenía la cabeza de Jesusa sobre sus rodillas, y la protegía de la curiosidad de la gente interponiendo su cuerpo.

Los dos hombres comenzaron a cambiar la rueda. Lo hacían en silencio, rápidamente, con un aire práctico, muy eficaz.

Angélica seguía sosteniendo el rostro entre las manos; la frialdad de la piel de Jesusa parecía traspasar su propia piel. El sol se ocultó ahora tras de una nube oscura, grande, que parecía venir rodando desde el mar.

—Que no llueva.

Pasó en dirección contraria un automóvil de la policía, pero ahora con prisa, sin mirarlos.

Angélica comenzó a sentir las pulsaciones de su corazón en la muñeca izquierda; así advirtió que estaba apretando demasiado, con gran fuerza, la cabeza de Jesusa. La soltó y comenzó a respirar de forma muy forzada, pausada y profunda. Una gota grande, fue a caer sobre la cara de Jesusa, en la frente, después resbaló hasta su mejilla. Angélica la secó con la mano, despacio, en un gesto que tuvo algo de caricia. Jesusa parecía un ser tranquilo, una estatua de piedra blanca, de nariz afilada, labios apretados; con un gesto de decisión muy duro.

El golpe del portaequipaje al ser cerrado, volvió a estremecerla.

Jorge se acercaba a ella, caminando forzadamente despacio.

—No quiero volver a ponerla en el portaequipajes. Sería exponemos. Viajará sentada, junto a Antonio, detrás.

Antonio ya había llegado y entre los dos jóvenes fingieron que ponían en pie a Jesusa y la llevaron, aparentemente caminando, hasta el coche. El cuerpo, tenso, endurecido, se resistía.

Angélica recogió la manta y fue a situarse, de nuevo, frente al volante.

En ese momento habían hecho la mitad del recorrido; algo menos.

Y más allá del Sur

La Universidad de Columbia, a través de lecturas y profesores, había llevado a Gregorio Charles un nuevo concepto del que había vivido ausente. El sur, para los jóvenes americanos, se terminaba en el Río Grande; al otro lado vivían seres conflictivos, oscuros, hacinados y empobrecidos. La súbita aparición de países, culturas, músicas, todo ello diferenciado por banderas y unidos por un idioma común, resultaba una inquietante sorpresa. Descubría el estudiante su propia ignorancia, su alejamiento absoluto de estas gentes, su indiferencia ante la historia vivida y ante el futuro que pudiera aguardarles. En el mejor de los casos, los nombres de algunas de estas naciones tenían un eco peligroso a través de reportajes televisivos fragmentados y contradictorios. De más allá del sur venían peligros inciertos que amenazaban de formas no precisas la paz de la Unión; masas acechantes parecían aguardar el momento de atacar traicioneramente, y aún la vieja marihuana, familiar y divertida, se iba convirtiendo en la señal visible de una invasión calculada y subversiva.

El orgullo de los chicanos de Nuevo México, tomaba, de pronto, un nuevo sentido, se hacía cabeza visible de valores jamás revelados; era como la voz de millones que había sido sofocada por una larga y tenaz indiferencia.

La propia palabra «Cuba», comenzaba a tener nuevos significados, y las razones no discutibles hasta el momento se iban disolviendo y haciéndose ambiguas, cuando no totalmente marcadas de sospechas.

Los propios compañeros de clase parecían partir de estos conocimientos y ser diferentes a ese sentir común en el que había vivido sumergido Gregorio Charles. En las paredes de los largos pasillos, aparecían pegados folletos que denunciaban las masacres de hombres, mujeres y niños propiciadas por la CIA, y los profesores buscaban en los conflictos tan denunciados por la prensa provinciana, razones más profundas y más discutibles.

Cuando soñaba con ese bisabuelo, sumergido hasta las rodillas en el agua transparente del Río Grande, dejando caer de las manos las dos pistolas inútiles, no sabía que a espaldas del viejo Cortez, perseguido con método y paciencia por decenas de alguaciles, se alzaba todo un mundo de conceptos, de pasiones y también de poesía y esperanza.

Lo que había venido siendo una imagen romántica y estimulante, estaba convirtiéndose en una fuerza oscura que se justificaba a sí misma. El mundo del bisabuelo ya no estaba limitado por ese río que había sido frontera y cerrado toda vía de escape; sino que se hundía profundamente, más y más hacia el sur, hasta llegar al final de la tierra. Y mientras verdes y exultantes selvas, enormes abismos y altísimas montañas se iban abriendo en el sur, su propio país empezaba a ser cuestionado y observado con un rigor jamás previsto.

Gregorio Charles sentía que su ignorancia retrocedía empujada por una intuición que se había gestado sola o acaso crecido a través de múltiples y breves informaciones desechadas aparentemente, dejadas en el olvido. Una intuición que había crecido alimentada por apenas reconocidas noticias, que le había empujado hacia ese primer destino que se situaba en la Universidad de Columbia, al norte de la inmensa y satisfactoria ciudad de Nueva York, capital de un mundo tan distinto que resultaba extranjero para los nacionales.

Angélica le había dicho que volvería en la noche; tenía que viajar con unas compañeras para hacer un trabajo. El la dejó partir, mirándola desde la cama, con una afición y un interés que acaso fuera eso que en Hollywood llaman amor. Desayunó en uno de los comedores de la Universidad y acudió a un seminario sobre una obra teatral titulada «Fuenteovejuna.»

El profesor hablaba en inglés, pero leía en ocasiones breves pasajes en español, pronunciando cuidadosamente cada palabra.

Al finalizar la conferencia, el maestro dejó escritas dos palabras sobre el largo pizarrón. Escribió en español: «Orgullo.» «Solidaridad.»

Gregorio Charles se quedó un largo rato contemplando los trazos blancos sobre una extensión inquietamente negra.

A las siete de la tarde entró en el hotel Hilton y subió a la habitación de Angélica; los organizadores del curso para azafatas habían terminado por aceptar que cada una de sus alumnas tenía pareja. Gregorio ahorraba todos los días unos buenos dólares, que en la noche gastaban en cines y teatros. Desde Albuquerque su madre preguntaba periódicamente si era necesario que lo socorriera económicamente; no, no lo era. No había necesitado, todavía, buscar un empleo de los que se ofrecían a los universitarios. No, no, nada necesitaba. Nada, sino tiempo, un largo tiempo para que las nuevas ideas, o sensaciones, o advertencias, entraran en una mente que las recibía entre satisfecha y sorprendida, entre curiosa y suspicaz. Un mundo de muy nuevas emociones le iba llegando poco a poco, y un día avanzaba a través de una obra de teatro estudiada con un maestro y otra escuchando a un conjunto musical que cantaba en español, y una noche la muy nueva emoción le llegaba ya en la cama, estrechando a una Angélica que era tan nueva para él como para ella misma. No sólo el mundo del conocimiento se transformaba en Gregorio Charles, sino también el indeciso mundo del amor.

Desnudo sobre la cama, envuelto en un clima de olores ya familiares, de luces tenues, de ropas lanzadas al desaire sobre el suelo alfombrado, el joven estudiante sentía que estaba comenzando a abrirse a las ideas y a las sensaciones como una flor inmensa y muy ansiosa.

Y entre tantas sorprendentes ansias, la mayor de todas era la de no dejar que Angélica se esfumara, se fuera, se perdiera. La de atraparla y contenerla, la de sujetarla y mantenerla.

—Oh, Dios mío ¿todo esto será sencillamente amor?

Y se sentía ingenuo y elemental, porque tales preguntas no se pueden hacer desnudo en la cama, en un hotel de la Avenida de las Américas, un día en el que sobre la bella, porosa y amorosa ciudad de Nueva York, cae una dulce agua que empapa las esperanzas y nos deja...

Fue, posiblemente, en ese momento (las dos de la mañana) cuando sonó el teléfono del dormitorio.

Cabo del Bacalao

La 95 fue abierta aprovechando el discurrir del litoral, que sube diagonalmente en busca del norte, y del lugar a donde llegaron los padres peregrinos, creadores del imperio americano.

La 95 goza con la vecindad del mar y el escenario un poco artificial de los breves poblados y las muy civilizadas colinas.

Atraviesa la 95 granjas y escuelas, y levanta, al mismo tiempo, un vuelo de palomas y gaviotas.

Sin embargo, al llegar a Westerly abandona su tendencia marinera para dirigirse, tierra adentro, hacia Boston. En ese lugar Angélica recibió la orden de abandonar la ruta, ya tan conocida, y hundirse en un mundo de carreteras menores.

La número 1 es provinciana, estrecha, marinera. Es una carretera antigua que parece conservada para que la persona que maneja un automóvil sienta que retorna a un viejo paraíso aún no mancillado. El mar está a pocos pasos, ofreciéndose en ocasiones allá abajo, entre rumores confusos y un agitar de olas.

En uno de estos sitios, alejados, tranquilos, con el viejo aire de una novela gótica o propicio, también, para un film de Alfred Hitchkock, Jesusa fue a hundirse en un mar frío, movedizo, situado muy por debajo de Jorge y

Antonio, que movían sin esfuerzo el cadáver, lo hacían balancearse y luego lo lanzaban al aire para que trazara una curva graciosa, siempre detrás, y unido por una cuerda, a un objeto brillante y sólido, que era quien después arrastraba tras de sí a Jesusa y el que entraba primero en el agua, abriendo camino a lo que fue una mujer indecisa y enfermizamente angustiada.

Angélica esperaba sentada en el automóvil, apoyada la cabeza en el volante, viviendo su propia vida como una experiencia exterior y aún no digerida.

Después Jorge dijo: «Vamos a seguir hasta Provincetown, el extremo del cabo del Bacalao. Pero despacio, gozando con el paisaje.»

El automóvil discurría ahora muy suavemente, abriéndose camino por un clima frío y transparente. Angélica recordó :

—No hemos comido nada.

—Lo haremos más tarde, en Provincetown, en donde vivió Eugenio O'Neill. En invierno el cabo del Bacalao se clausura; miles de personas lo abandonan cargando sus lanchas ligeras, sus balsas de goma, sus pesados aparatos de radio. Las alegres casas de madera se van cerrando una tras otra y las arenas del mar cubren suave y lentamente los tejados hasta la llegada de la primavera y del nuevo enjambre de personas.

—¿Aquí vivió O'Neill?

—Sí, en una casa construida sobre pilotes de madera. Un día el mar se llevó la casa y O'Neill la fue a encontrar a muchas millas, sobre otra playa. Había flotado como un barco tambaleante.

Estaban ansiosos, después de haber abandonado a Jesusa, de abandonar también el recuerdo de la suicida. Así que hablaban de forma demasiado ligera, alegre.

—¿Eso de la casa, es verdad?

—Sí, sí, es verdad. Algunos barcos de pescadores de bacalao la vieron adentrarse en Cape Cod Bay, la chimenea aún encendida, dejando escapar el humo. Eugenio O'Neill la buscó por la costa, caminando con los pies descalzos, hasta que la encontró.

—No es posible.

—Sí, lo es. Lo cuentan lo libros.

—¿Tanto puede navegar una casa de madera?

Una idea invadió el automóvil y se hizo presente en los tres jóvenes viajeros: ¿Hasta dónde llegaría, deslizándose por el fondo del mar, el cadáver de Jesusa?

Provincetown es un pueblo de casas bajas, de madera pintada, con un pequeño puerto al que llegan los barcos pesqueros. Una altísima torre de vigía, curiosa evocación del renacimiento europeo, se alza sobre una población silenciosa en invierno. La taberna, servida por una joven vestida de negro, con un pañuelo rojo atado al cuello, tiene una chimenea encendida y sobre ella, detrás de unas cuantas botellas de licor, el retrato, firmado, de Eugenio O'Neill.

Jorge había pedido a Angélica que hablara siempre mascando chicle, para disimular su acento extranjero; fue ella la que pidió tres copas de brandy; las bebieron en silencio, mientras la joven del vestido negro limpiaba con diligencia el mostrador.

Sólo un par de pescadores, exageradamente abrigados, bebían cerveza en una esquina del bar. O'Neill, elegante, de bigote recortado, con los ojos negros y de mirar preciso, parecía observarlos desde el retrato. Tomaron el brandy en silencio, lentamente...

—¿Saben que O'Neill se emborrachaba y se drogaba también?

No lo sabían. Jorge hablaba en voz baja, aprovechando los momentos en que la chica del mostrador se alejaba.

—Sí; aquí nadie lo quería. Era un ser aborrecido; un personaje distinto. La gente no quiere aquí a los seres distintos. Ésta es una tierra de conservadores, de fanáticos. Los primeros ingleses que vinieron a poblar América llegaron a este puerto. Los llaman los Padres Peregrinos.

Miraron la fotografía.

—Eugene O'Neill era distinto. Los retrataba en sus obras de teatro con mucha dureza.

Angélica dijo: «Es cierto, nos mira a todos con mucha dureza.»

Antonio hizo un gesto a la chica de la barra y ésta volvió a servirle.

Antonio se justificó: «Fue una mañana muy dura.»
Angélica: «¿Tú eras su pareja?»
Antonio afirmó con la cabeza.

Entraron tres personas en el bar; venían de la mar, los envolvía un olor a pescado y un frío atlántico. Se frotaban las manos y hablaban en voz alta.

Jorge pensó que ya era el momento de abandonar el pueblo. Los estaban viendo demasiadas gentes.

Antonio bebió lo que le quedaba del brandy de un sólo trago; tenía los ojos húmedos, parecía febril. Jorge le pasó el brazo sobre los hombros y le dijo: «No es justo despilfarrar una vida cuando se tiene entre manos un proyecto tan importante para todo un pueblo.»

Ya cuando salían, Angélica tomó de la manga a Antonio y lo llevó frente al retrato de O'Neill.

—Mira; este hombre escribió una obra que se titula «Viaje de un largo día hacia la noche.»

Antonio dijo que ya lo sabía. Salieron en busca del automóvil; comenzaba a atardecer y las calles estaban frías y desiertas.

La fantasiosa torre de los peregrinos se alzaba sobre

las casas bajas, y un aire de ráfagas súbitas y breves movían sobre el asfalto una capa muy leve de arena clara.

El plan era retornar al continente para tomar la carretera a Boston y allí pasar la noche. Después Angélica viajaría sola a Nueva York, y Jorge y Antonio volverían en tren, separados.

Frío en la espalda

Angélica se quejaba: «Tengo frío en la espalda» y Antonio la frotaba con su mano, enérgicamente, sobre el abrigo espeso.

El viaje desde la punta del Cabo del Bacalao hasta Boston, atraviesa dunas pálidas en la noche, súbitamente esclarecidas por una luna intermitente. Las luces del automóvil iluminan zonas espectrales y solitarias casas elevadas sobre pilotes de madera, a orillas de un mar invisible y malhumorado. La joven maneja con los guantes rojos puestos y se inclina ligeramente hacia adelante, intentando penetrar en una bruma que en jirones se interpone algunas veces.

Jorge vigila la velocidad:

—No pases de cincuenta millas por hora.

Angélica afirmaba, concentrándose en las curvas.

Antonio comenzó a contar:

—Hace unos seis días le propuse a Jesusa que durmiéramos juntos. Pensé que sería bueno para los dos; éramos casi como enemigos. Ni nos hablábamos ya. Lo dije para que se volviera a sentir mujer. Le dije: Mira, Jesusa, durmamos juntos. Estamos muy solos, ¿ves? Muy solos.

Atravesaban ahora un pueblo, de pronto escandalosamente iluminado.

—Jesusa era muy introvertida, ya saben. Pero me sorprendió porque me dijo que lo iba a pensar. Como si le hubiera propuesto un negocio.

Angélica estaba muy interesada en la historia. No soportó el largo silencio.

—¿Y luego?

—Bueno, luego, ya en la tarde, me dijo que sí.

—¿Se acostaron juntos?

—Sí, esa noche. Yo pasé a su habitación ya un poco tarde. Se había metido en la cama desnuda. Yo ya estaba arrepentido.

Jorge interrumpió, pero sin violencia: «No hace falta que sigas.»

—Sí, lo quiero contar. ¿Por qué no?

El automóvil se enfrentaba a una larga recta. En la parte izquierda se iluminaban moteles y bares.

—Yo comencé a acariciarla y ella se dejaba, pero sin hablar. No me apetecía montarla, pero sí me gustaba irla acariciando; se veía muy infantil, muy tierna. Todo lo contrario de como se comportaba con nosotros. Además comenzó a llorar. Yo no sabía qué hacer. Después me dijo que era divorciada, que tenía veintidós años, que había estudiado química, que se había casado a los veinte años. Se había abrazado de mí y me hablaba al oído. Yo, de verdad, no sabía qué hacer.

Angélica dijo:

—No hemos comido nada y además el brandy. Yo estoy desfallecida.

Y Antonio:

—Hicimos el amor; muy mal. Tardamos como dos horas en hacer el amor. Pero muy mal.

Al fin, en Plymouth pararon a cenar en un restaurante de la carretera. Jorge sabía que en Plymouth está la roca que los puritanos ingleses pisaron al llegar a América.

Jorge estaba ansioso de contar cosas, acaso para ir alejando la imagen de Jesusa, que a cada instante se hacía más precisa y obsesionante.

—Los padres peregrinos, al bajar del barco a tierra, pisaron una roca, y la tienen como si fuera una reliquia. La gente va a ver la Plymouth Rock, como se va a ver al Papa en Roma.

—¿Cómo sabes tanto? Primero O'Neill y luego la roca ésa.

Jorge, de pronto, comenzó a reír:

—Me compré un libro para turistas.

Estaban comiendo hamburguesas y tomando leche. Antonio dejó su vaso sobre la mesa y dijo:

—¿Saben lo que me dijo, al final?

Angélica lo miraba, sin disimular su interés.

—Me dijo que no había sentido nada.

Jorge quiso bromear:

—La roca de Plymouth.

Era ya muy de noche cuando llegaron a Boston. Angélica tenía reservada habitación en el hotel Holiday Inn de la calle Blossom; los dos hombres dormirían en un hotel más modesto. Quedaron en desayunar juntos. Angélica llamó a Gregorio Charles.

De pronto, sola, en una habitación tapizada con telas verdes se sentía desamparada.

—Tengo dinero. Toma un avión y vente. Te espero en el Holiday Inn del río, Charles. Vente, por favor.

Al otro lado la voz de Gregorio sonaba muy inquieta:

—¿Ocurre algo?

—No, sólo que te quiero ver. Vente, te espero a mediodía en la habitación. Está a mi nombre. Vente, vente.

Y Angélica comenzó a llorar.

Tirada sobre la cama la muchacha repetía: «Algo está cambiando en mí. Algo está cambiando», pero en voz tan baja que el muchacho no la entendía.

Él casi gritaba en el teléfono.

—¿Te pasa algo?

Al fin ella se contuvo: «No, no me pasa nada. Sólo que tengo frío en la espalda.»

Él dijo que tomaría un avión en la mañana. El primero.

Angélica se durmió sobre la cama, sin haberse quitado ni la ropa ni los guantes. Su maleta estaba cerrada en el suelo.

Encuentro

La cafetería, a las nueve de la mañana, estaba abarrotada de clientes, casi todos presurosos. Angélica encontró a sus dos compañeros ya desayunando; se sentó con ellos y pidió solamente café. Jorge le dijo que se tomara un par de días de descanso, si es que no tenía problemas con la compañía de aviación y que siguiera en Boston ese tiempo.

—¿Tienes suficiente dinero?
—Me sobra.

Antonio comía en silencio, aplicándose con demasiado empecinamiento sobre una carne asada. Angélica miraba hacia las gentes que los rodeaban y varias veces pasó la vista sobre una mesa sin identificar a los dos hombres que desayunaban, a poca distancia. De pronto su mirada se cruzó con la de J.J., que parecía sorprendido y tenso. Al lado de J.J. estaba John, tomando un jugo; distraído.

J.J. tocó ligeramente en el codo de John y le mostró a Angélica, que comenzaba a sonreír nerviosa. Jorge advirtió la sonrisa y la mirada de Angélica y se volvió para encontrarse con el rostro, ahora asombrado, de J.J. Pero John se había levantado y venía hacia la mesa con un gesto infantil de disculpa, como a quien han encontrado robando el pastel en la cocina.

John besaba a Angélica y luego daba las manos «a

dos compañeros de trabajo.» Pero J.J. ya estaba junto a ellos; había recompuesto su rostro y parecía alegre ante el encuentro.

Angélica volvió a presentar a sus «dos compañeros de trabajo», pero J.J. aclaró amablemente:

—Al señor lo conozco. Hemos tenido negocios.

Jorge lo miraba afirmando con la cabeza, en silencio. John pedía un favor:

—No le digas a Emilio que me viste. Es un latino celoso.

Hablaban todos en inglés, de pie junto a la mesa.

J.J. quería saber si a Jorge «los negocios le han ido muy bien.»

Jorge volvió a asentir.

Después J.J. miró hacia el grupo, sonriendo, y dijo:

—Jamás hubiera supuesto que ustedes se conocían entre sí.

Parecía estar divirtiéndose, pero John insistía:

—Angélica, no le digas nada. Ni tampoco a tu amigo Charles. Los latinos son muy posesivos y yo necesito de cuando en cuando un descanso. ¿Verdad J.J.? Éste afirmaba, ahora riéndose a carcajadas:

—Un amor latino es estrujante.

Y dijo la palabra «estrujante» en español.

—¿No se dice así; «extrujante»?

—Sí; así se dice.

—¿Cenarán con nosotros esta noche?

Jorge dijo que ya se iban, gracias.

J.J. insistió en pagar las dos consumiciones, llevándose en la mano la nota que había dejado un camarero sobre la mesa.

Cuando volvieron a sentarse, Antonio estaba pálido.

—¿Qué está pasando?

Jorge habló en voz baja:

—Es el proveedor de armas. El que nos vendió toda la mercancía.

Ahora la sorprendida era Angélica.

Querían saber cómo ella conocía a J.J., dónde lo había visto, quién era el joven rubio americano; qué hacían ambos en Boston.

Antonio miraba a Angélica con sospecha.

—María; ¿sabe tu verdadero nombre?

—Sí.

Jorge hizo una seña discreta, para indicar que J.J. y John aún continuaban mirándolos desde la mesa cercana.

—¿Está la operación en peligro?

Jorge pensaba que no, que el vendedor de armas era el primer interesado en la discreción.

—Sin embargo, habrá que meditar sobre todo esto.

Angélica tuvo que contar cómo conoció a Emilio Ramírez y la relación que existía entre Ramírez y John.

—Asunto de maricas.

Antonio parecía el más tenso e impresionado.

Jorge lo tranquilizaba:

—Creo que J.J. sabe ya de nosotros más de lo que nos convendría, pero no hay peligro. Su negocio es vender armas y no denunciar.

Al fin se despidieron. Los dos hombres tomarían un taxi para ir a la estación. A última hora decidieron viajar en el mismo vagón.

Angélica los besó apresuradamente y cuando se fueron volvió a sentarse ante su café, frío y nunca probado. Había conseguido no mencionar a Gregorio Charles.

Frente a ella estaba, de nuevo John, sonriendo obsequiosamente.

—Esta mañana vamos al Museo de Ciencias. ¿No quieres venir?

Tomó una decisión rápida. («Es preferible continuar junto a J.J. para saber lo que piensa») y aceptó:

John parecía feliz:

—Vamos a ver un corazón humano que funciona. ¿No parece imposible? Es un corazón hecho por los técnicos, pero funciona día y noche, como el de una persona.

Después se inclinó sobre la mesa, tomó una mano de Angélica y dijo en un tono confidencial, pero con una nota de humor:

—Un corazón como el mío. Pero más fiel.

Río Charles, río Charles

—Barry Goldwater dejó, a mi juicio, esto muy claro; dijo que el extremismo, cuando está al servicio de la libertad, es positivo. Quería decir, que debemos emplear los mismos procedimientos que el enemigo. Lo inmoral debe estar al servicio de los grandes ideales. Matar extremistas es una labor patriótica.

Después J.J., que había estado hablando con toda seriedad, miró hacia Angélica y dijo:

—Claro está que estas teorías sólo deben funcionar en nuestra patria. En el extranjero las cosas son más complicadas. Debemos dejar que ellos se las arreglen por su cuenta.

Dejó que John le encendiera el cigarro:

—Espero, Angélica, que usted no se moleste por mis ideas. Sólo soy un «gringo» inculto.

Sobre el río Charles se deslizaban veleros, pequeños, llevados por una brisa fría. Los altos edificios de la ribera aparecían entre los árboles del parque, surgiendo inmensos, pero de alguna forma atractivos y sorprendentes.

John quería saber si de la misma forma que se fabricó un corazón artificial que funciona, se podría hacer algún día un soldado que matara.

—¿Para qué? Lo único que nos sobra son seres humanos.

J.J. parecía muy contento exponiendo sus ideas ante una Angélica sorprendida y cautelosa, y un John infantil y ajeno al diálogo secreto.

El recorrido por el Museo de Ciencias había sido largo a causa de la inagotable curiosidad de John; al cual J.J. obedecía de una forma condescendiente, como quien va consintiendo a un niño.

Estaban tomando una copa y desde el barecito veían el puente inmenso y, muy cerca de ellos, a un hombre ya viejo, que a la orilla del río se inclinaba sobre una caña de pescar.

En ningún momento, durante toda la mañana, J.J. se había referido a los amigos de Angélica; como si los hubiera olvidado.

—Nosotros, los americanos, no podemos entender a los hombres del sur del continente. Tenemos otra cultura. Yo admiro a mis compatriotas que se casan con mujeres latinas.

—¿Y los hombres latinos? ¿Qué piensa usted de los hombres latinos?

—No lo sé. Nunca me acosté con un latino. Con negros y con vietnamitas. Pero con latinos, no.

John dejó pasar unos segundos en silencio y después dijo bajando mucho la voz:

—Te equivocas.

J.J. hizo una seña para que trajeran otras copas.

El dueño del bar era un puertorriqueño de pelo negro y ensortijado, que sonreía constantemente. Angélica tomó su copa de la bandeja y le dijo en español:

—Gracias, señor.

El puertorriqueño aumentó su sonrisa:

J.J. bebió un trago y dijo:

—Hice un buen negocio con sus amigos.

—No sabía que fueran industriales.

—No; no lo son.

Angélica tuvo la sensación de que había logrado desconcertar al texano, que ahora la miraba incrédulo.

—¿No conoce usted el negocio en el que están?

—Sí, creo que venden materias primas aquí, en los Estados Unidos.

—Más o menos.

Pasaba por el río una lancha muy rápida, en la que viajaban un grupo de jóvenes. Desde la orilla se escuchaban, sobre el ruido del motor, sus gritos y risas.

John dijo que el río se llamaba igual que el novio de Angélica y que era un bello nombre.

—Río Charles es un nombre muy bello. Debiéramos tener un río para ponerle el nombre de la persona de la cual estamos enamorados.

J.J. preguntó: «¿Y cómo llamarías a tu río?»

—Yo tendría dos ríos.

—Y después John, desvergonzadamente, confesó:

—O tres ríos o cien. ¿Quién sabe?

El texano miraba a John y no parecía molesto.

—¿Y usted, Angélica, cómo llamaría a su río?

—Hace algún tiempo no tenía ningún nombre para mi río. Ahora sí. Río Gregorio Charles.

J.J. levantó su copa:

—Brindaré porque sus amores duren más que los de John.

—Gracias.

—Brindaré, también, porque los negocios de sus amigos tengan éxito.

Angélica levantó su copa, tomó un trago y decidió atacar:

—¿Cómo es que usted los conoce?

—Oh, les he vendido cosas. Mi negocio es vender. Vendo a todos los que quieren comprar. Los comerciantes no preguntamos.

J.J. comenzó a hablar inclinándose hacia adelante, con un gesto tan tenso en la boca y un mirar tan apretado entre los párpados, que consiguió sorprender y desconcertar a John.

—Angélica: ¿quiere usted, de verdad, saber lo que vendo a sus amigos?

Angélica intentó sonreír: «No, gracias. Soy poco curiosa.»

John sí quería saberlo:

—Dinos ¿qué les vendes?

—Verás, yo diría que les vendo riesgo, pero ellos piensan que les estoy vendiendo libertad.

Y comenzó a reír, sorprendentemente alto y fuerte.

Después se tomó su segunda copa de un golpe, chasqueando al final la lengua.

El puertorriqueño se acercó preguntando con un gesto si repetirían la bebida. J.J. le entregó un billete y comenzó a ponerse en pie. Angélica no terminó el trago

La dejaron en el *hall* del hotel y anunciaron que volvían a Nueva York, por carretera. John parecía ahora verdaderamente inquieto:

—Angélica, por favor, no le digas nada a Emilio.

J.J. se había alejado para que les trajeran el equipaje. Angélica negaba con la cabeza, dándole seguridad.

—Estoy bastante enamorado de él.

—¿Y J.J.?

—Oh, bueno; es un viejo amigo. De cuando en cuando vuelvo a él, durante un tiempo.

—A mí, J.J. me da algo de miedo.

—No, no. Es una persona linda. No pienses en su negocio de armas; eso es lo que te impresiona. Conmigo se ha portado muy bien. Me sacó de problemas; le debo favores. Por eso...

—Eugene bebía mucho y su madre era una drogadicta. El padre fue un actor de segunda, lleno de prejuicios y atormentado.

Mientras Charles manejaba, ella iba dando noticias sobre el dramaturgo, que tomaba del libro.

—¿De verdad quieres ir a un cementerio?

—Sí, por favor.

Angélica sentía que al mismo tiempo que se unía de forma más total y emocionada al joven, más misterios y secretos la separaban de él; no podía contarle el hundimiento de Jesusa en el mar, y no sabía cómo narrar su encuentro con J.J. y John, sin tener que mencionar a sus dos compañeros chilenos.

Gregorio, por su parte, no hacía preguntas, tomaba la vida tal y como se le ofrecía, y de una actitud propia de una camarada había ido pasando a una serie de sutiles gestos amorosos que Angélica reconocía y gozaba.

El cementerio de Forest Hills es un cuidadoso escenario con melancólica escenografía, hiedra que escala el edificio central y sauces y grandes árboles con las hojas ya dorándose. Una torre, rematada por una veleta de hierro, ejerce su tarea de vigilar a los muertos más o menos ilustres. Los propietarios del cementerio no parecen orgullosos por la presencia de los restos de O'Neill; demasiado discutido como para ser un huésped ejemplar. Sin embargo, aparece en su catálogo de celebridades y gracias a ello la pareja de visitantes pudieron iniciar la búsqueda de su tumba.

Los cadáveres están situados muy espaciadamente bajo un césped muy cuidado, sobre ellos unas lápidas horizontales, rodeadas por un breve sembradío de flores, van distinguiendo a los unos de los otros.

Encontraron la tumba, un poco escondida, y muy cerca de ella la de Carlota Monterrey, que fue su tercera y última esposa.

Estuvieron sentados, juntos, durante un largo rato, frente a la lápida de piedra, húmeda y levemente recubierta por un musgo transparente.

Lentamente, cuidando su pronunciación inglesa, ella comenzó a leer en voz alta los párrafos del libro que se refieren a «Viaje de un largo día hacia la noche.»

«O'Neill prohibió que se representara hasta veinticinco años después de su muerte. Pero Carlota Monterrey prefirió darle a conocer primero. La obra es la biografía trágica del autor.»

Resulta curioso cómo parecía hacerse presente la figura de un hombre del que, verdaderamente, sabían muy poco los dos jóvenes. Todo un juego de adivinaciones parecía haberse puesto en marcha y una cierta angustia hizo que ella dejara de leer.

Sentados aún en la banca de piedra, Angélica contó a Gregorio que había visto a J.J. y a John en el hotel, y cómo John le pidió que no dijera nada a Emilio.

Un jardinero pasó caminando despacio, con una larga tijera de cortar pasto en la mano. Llevaba la cabeza descubierta y hacía crujir el guijo del sendero. Era la única persona visible. Los árboles comenzaban a proyectar una sombra larga sobre el campo, de un verde muy húmedo.

Angélica pregunto a Gregorio Charles lo que le gustaría hacer, y él le dijo que quería salir a la carretera, alquilar una habitación en un motel y hacer el amor.

Ella asintió, cerró el libro, y se puso en pie.

El motel en la carretera de Boston

Al abrir la puerta, Angélica recibió una descarga eléctrica picante, aguda. Retiró la mano y luego se rió, dejando que él hiciera girar la llave.

—¿También la cama tendrá electricidad?

Se desnudaron, uno frente al otro, en el cuarto de baño y fueron dejando las ropas sobre el suelo, también alfombrado en un color violeta muy fuerte.

La pared estaba adornada con racimos de grandes uvas de plástico, y sobre la cama se exhibía una gran lámina de un lago con lanchas y al fondo unas montañas nevadas. El marco era dorado y reluciente.

El cuerpo de Angélica, delgado, muy frágil, se acogió al de Charles, tostado por el sol, de pecho muy amplio y de piernas largas y musculadas. La llevó a la cama apretándola entre sí, sin que ella tocara la alfombra.

Ella murmuraba: «Carlitos, Carlitos.»

Hicieron el amor de una forma atlética; ella, de apariencia tan débil, moviéndose nerviosa, mordiendo, escabulléndose sobre las sábanas para adoptar otra postura, tomando la iniciativa, dejándose vencer, llorando. Riéndose también. A él le costaba trabajo seguirle y parecía sorprendido ante la vitalidad sudorosa y agitada que no parecía tener fin. Habían vuelto cada cual a su idioma y murmuraban palabras que el otro jamás había escuchado, que no entendía sino como supuestas procacidades, furiosas inventivas. Parecían recubiertos de una débil película de aceite, tan inasibles eran, tan huidizos y cambiantes; eran también, un amor que por vez primera se desataba en ellos y los hacía múltiples y gloriosos, sonoros e iluminados. Las sábanas se empapaban y retorcían, cubrían y dejaban al descubierto la disparatada batalla y cuando, finalmente, fueron cediendo, dejándose vencer, separándose de un último abrazo convertido en desmayo, entonces se quedaron mirando hacia el techo, respirando sonoramente, y toda la habitación olía al ejercicio amoroso; sobre un racimo morado de uvas de plástico, aparecía curiosamente una prenda blanca y liviana.

Se ducharon con agua fría, mirándose con una sonrisa cómplice y satisfecha; se vistieron después y decidieron salir a cenar.

Al abrir la puerta, de nuevo la corriente estática de la alfombra produjo en Angélica un débil sacudimiento. Charles comentó:

—Todos los moteles de América dan toques.

—Sí, es cierto.

—Es un fenómeno premeditado.

Ella se sorprendió; después rió, sacudiendo la melena.

—¿En serio?

—Sí, el toque eléctrico preconiza el orgasmo.

Ella no entendía. El buscó la palabra preconizar en su vocabulario español. No la encontraba.

—El toque eléctrico, adelanta ya una idea de lo que será el próximo goce.

Ella se estiró para besarlo en una mejilla.

—No se parecen en nada.

Sobre la carretera, que se habría entre pinos muy altos, comenzaba a llover.

La fiesta

Bajo una lluvia intermitente y desflecada, volvieron sin prisas, y al llegar a New Haven decidieron entrar en Yale. Charles hizo una llamada y volvió al automóvil anunciando que estaban invitados por una profesora amiga de su familia a una típica fiesta de sábado.

—Yo me quiero emborrachar.

Charles dijo que a él también le apetecía emborracharse.,

La profesora era joven, alta, voluminosa; hablaba un español perfecto y había recubierto todas las mesitas de su departamento con fuentes de almendras y otras frutas secas. Las botellas estaban en la cocina y en el suelo tropezaron con un gran recipiente lleno de cubitos de hielo y botes de cerveza.

Alrededor de una veintena de personas fueron interrumpiendo su conversación para dar la mano a los recién llegados. Eran todos profesores del Departamento de Español y Portugués, algunos estaban con sus esposas. Apenas había sillas, así que se formaban círculos que se iban intercambiando, mientras la cocina se convertía en el lugar más transitado.

La profesora, que se llamaba Shirley, preguntó a Angélica lo que le parecía la Universidad de Yale, y ella le contestó que había visto «el gótico mas moderno del mundo.» Charles miró a su compañera un poco sorprendido. Shirley se rió satisfecha.

Sentado en el suelo, y rodeado por tres mujeres, un joven contaba su experiencia sexual con un «hombre muy elegante con un apellido muy extraño que se me olvidó.»

Las mujeres reían y pedían detalles, el joven fingía pudor. Después dijo:

—Esperen a mi próximo libro de poemas. Allí se narra todo.

—No, no. Los poemas sobre el sexo son aburridos.

Un personaje con barba negra, pequeño, de modales muy rápidos dijo en español que «para describir el joder sólo la prosa.»

Shirley preguntaba a Charles sobre Albuquerque y sus profesores. También sobre las fiestas hispanas, en donde bailaban las esposas de los aviadores. Y contaba a sus amigas de Yale que las fiestas de los universitarios de Albuquerque eran muy divertidas, «porque la mitad de los asistentes nunca habían pisado una universidad.»

Cuando le preguntaron a Angélica por su nacionalidad, se produjo un movimiento de curiosidad a su alrededor. Querían saber de la dictadura y de los núcleos de resistencia. Angélica hizo una descripción seria y breve y Charles de nuevo la miraba sorprendido y también orgulloso.

—¿Cuándo se morirá el dictador?

El hombrecito de la barba dijo que «los dictadores son la imagen de Dios en la tierra; eternos.»

Esta vez se escucharon menos risas, como si la mención de la palabra Dios inhibiera incluso al poeta homosexual, que ahora se había levantado para ir a la cocina.

Un profesor español quiso apoyar a su colega de las barbas; «Franco no se hubiera muerto nunca, sin la ayuda de los médicos hispanos.»

Un hombre alto remilgoso, de barba recortada y gafas preguntó a Angélica, si los grupos de resistencia en Chile contaban con armas.

—Sí.

—¿Y quién las suministra? ¿Los soviéticos?

Angélica estaba, sin duda, en guardia, pero respondió que los más eficaces mercaderes de armas eran norteamericanos.

—¿Y de dónde sacan las armas los mercaderes?

—De los cuarteles.

—¿Qué cuarteles?

—De los cuarteles de este país, claro está.

Se produjo un silencio curioso, hasta que el hombre de la barba negra levantó la voz para afirmar que todas las guerras contra la Unión, habían sido llevadas a cabo con armas vendidas por la Unión Americana. Se volvieron a escuchar risas y la profesora tomó del codo a Angélica para decirle, en voz baja, que en la fiesta «había un oído de la CIA.» Charles quería saber si la afirmación de su amiga había sido dicha con seriedad.

—Sí, con toda seriedad. En este país se roban miles de armas todos los años que luego van a parar a las naciones del tercer mundo.

Charles no sólo parecía sorprendido por la noticia, sino también por los conocimientos variados y singulares de su compañera. El profesor alto se movió hábilmente entre los grupos para acercarse a Angélica y preguntar: ¿Cual es el número de resistentes que ustedes calculan existe en su país?

—No lo sé.

—¿Acaso cinco mil?

—No. Acaso muchos miles.

—De cualquier forma, como dijo mi colega; el dictador morirá en la cama.

La barba negra estaba ya junto a ellos, moviéndose diligente:

—Dado que todos los dictadores, salvo excepciones memorables, mueren en la cama, habría que inventar una cama eléctrica, tal y como se inventó una silla eléctrica.

Todos volvieron a reír excepto el profesor alto.

El homosexual se acercó a Angélica con una copa en alto para brindar: «Por el país amigo y hermano. Por su libertad.»

La barba volvió a tomar la palabra:

—Estamos en el lugar adecuado para enfrentarnos a los dictadores. *Lux et veritas*, es el lema de la Universidad de Yale. Verdad para denunciar a los dictadores y luz para que la cama eléctrica funcione.

Ahora la aclamación fue general y el hombrecito de la barba fue felicitado y golpeado en la espalda.

Para entonces, todos parecían más o menos borrachos; excepto, acaso, el profesor alto y severo.

El poeta dijo que era necesario ofrecer un homenaje a la anfitriona y ella afirmó que desde niña quería que la pasearan por el patio en la máquina de lavar platos.

No fue fácil, porque el patio del colegio estaba adoquinado y la máquina era pesada y tambaleante. Pero la procesión pudo recorrer un cierto trecho antes de que la máquina y Shirley se derrumbaran sobre un pedazo de pasto húmedo y blando. El patio estaba rodeado de edificios de piedra negra, con remates y gárgolas góticas y techos de pizarra. En algunas ventanas aparecieron profesores y alumnos, para festejar el espectáculo. Ya eran casi las doce de la noche y la luna aparecía por detrás de una torre elegante y alta, Shirley fue recogida del suelo y la máquina de lavar platos quedó en el patio hasta el día siguiente.

El profesor alto se acercó a Angélica y le pidió una entrevista.

—Estoy muy interesado en los movimientos regionales en Hispanoamérica.

Angélica se disculpó.

—Salimos en busca de un motel dentro de un momento y mañana seguiremos para Nueva York.

—¿Nos vemos en Nueva York?

—No, imposible. Me voy a mi país de inmediato.

El poeta homosexual, tambaleándose, los esperaba en la cocina para decirles que ambos eran igualmente bellos y que su única frustración era el no poder hacer el amor con las mujeres. «Placer que la naturaleza me ha prohibido.»

—Sin embargo, dijo, me pongo a disposición de Charles.

Charles renunció amablemente y luego, tomando del brazo a Angélica, salió al patio y luego a la calle.

La fiesta aún continuaba:

Ya en el nuevo motel; con la televisión prendida y la calefacción puesta, Angélica recordó algo.

—El poeta me dio un papel.

Se levantó de la cama y fue a buscar en su bolso de mano. Charles esperó a que ella se volviera a arropar con la colcha y luego miró la hoja en blanco que Angélica leía con atención, muy sorprendida. La letra era enrevesada y pequeña, el poema estaba escrito en español.

—¿Qué dice?

Angélica recitó en voz alta, de forma curiosamente satisfecha y feliz:

Te amaría
(Bien lo sé)
Sino fuera que...

Lo volvió a decir en voz alta otras dos veces.

—¿Te gusta?

Charles intentaba comprender: «¿Te gustó?»

—Sí, sí, me emociona. Nunca me habían dicho una cosa así. Es muy tierno y también muy trágico. De pronto Gregorio Charles torció el gesto:

—¿Por qué traiciona John a mi amigo Emilio? ¿Por qué la gente traiciona?

Angélica no sabía.

—¿Y tú lo viste con J.J.?

—Sí, estaban juntos. John me pidió que no se lo dijera a Emilio ni a ti.

—J.J. es un hombre peligroso.

Angélica pareció asustarse.

—¿Es cierto?

—Sí; es peligroso.

Después Charles dijo, como hablando consigo mismo:

—Nunca entendí a los homosexuales.

—¿Y a mí?

Se abrazaron bajo las sábanas.

—¿Y a mí?

—A ti tampoco. Tú eres el misterio. El misterio.

Ella le recitó al oído:

> *Te amaría (Bien lo sé)*
> *Sino fuera que...*

Jorge reanima al grupo

La súbita llegada de lluvias y fríos y la impresionante imagen de Jesusa muerta sobre la cama, con los ojos abiertos, había impreso en todos los miembros del grupo una permanente pesadumbre que se advertía no sólo en los largos silencios, sino en los movimientos laxos y perezosos. La orden de salir hacia su destino no llegaba y Nueva York parecía haber perdido todo interés. Jorge continuaba viviendo con Antonio, mientras que en el otro departamento las dos parejas se confinaban en sus habitaciones viendo televisión o leyendo.

José, el joven médico, acariciaba algunas veces la cabeza de Josefina, la aspirante a historiadora, de veinticuatro años. Ramiro y Carmen, la viuda de treinta y dos años, salían aún a la calle, con sus grandes carpetas de diseño, abrigados con largos abrigos y gorras de lana.

En los momentos de mayor actividad, ésta parecía haber sido promovida por una desazón brusca que más parecía un esfuerzo por romper con una tristeza aplastante.

Jorge hizo obligatorios los ejercicios en el Parque Central pero ni esas largas carreras, con la nariz fría y los ojos húmedos, eran capaces de activar al dolorido grupo.

Jorge meditaba sobre la conveniencia de llamar a Angélica para sustituir a la joven suicida; pero temía ejercer una autoridad que siempre había estado en manos del profesor de inglés. Sin embargo, tuvo que tomar algunas decisiones.

En contra de su cuidadoso sistema de protección, decidió que dos veces a la semana cenarían todos juntos en su departamento; que habría vino californiano sobre la mesa y que después saldrían a ver espectáculos, aún cuando ocupando butacas alejadas entre sí.

Esperaba Jorge que de no aparecer el cadáver de Jesusa, los inspectores de emigración no advertirían su ausencia hasta que se terminara el tiempo autorizado para permanecer como estudiante en el país.

En ese momento, todo el grupo tenía que estar ya fuera de los Estados Unidos.

La aparición del mercader de armas en Boston era otra razón para multiplicar recelos y cautelas, y lo cierto es que a pesar de haber pasado tres días, no se había atrevido a buscar a «María» para que le hablara del llamado J.J.

Antonio se quejaba de que habían abandonado las prácticas de tiro hacía ya demasiado tiempo, y aseguraba que era fácil olvidar parte de las habilidades conseguidas durante las horas en la playa desierta. Por otra parte, era ya imposible, puesto que las armas las habían arrojado al mar, continuar entrenándose. Jorge pensaba que disparar una ametralladora, al igual que caminar, era cosa que no se olvidaba nunca.

En un gesto extremo, Jorge autorizó a las mujeres para que se compraran nuevas prendas personales en los grandes almacenes. Pero esta decisión fue contraproducente; parecía demasiado obvio. Carmen había dicho: «No tienes derecho a tratarnos como pequeñas burguesas. Estamos aquí para otra cosa.»

El vino, en las noches de reunión, sin embargo, consiguió animar al grupo; llegaban a cantar, tomados de la mano. La lucha contra la desmoralización parecía encontrar débiles elementos sobre los cuales apoyarse, pero el indudable cariño que entre sí demostraba la pareja más madura, era un ejemplo de tranquilidad que podía estimularse más aún. Jorge llegó a comprar flores a las mujeres. Antonio dijo: «Terminaremos, como sigamos en Nueva York, por convertirnos en una sociedad de beneficencia.»

Una mañana Josefina y Carmen, sin pedir permiso, reunieron toda la ropa de Jesusa en dos bolsas de papel y caminaron hasta un centro recolector del Ejército de Salvación. Dejaron las bolsas a la puerta y se fueron sin que nadie las viera. José, durante una de las cenas del grupo, bebió demasiado y lloró con la cabeza sobre el mantel de plástico. Josefina le acariciaba inútilmente.

A pesar de todo, Jorge no se atrevía a enviarle un mensaje al profesor de inglés, para que acelerara el proyecto. Un día, cuando estaban reunidos, Jorge dijo a modo de consuelo:

—Aceptemos con calma nuestros propios momentos de desmoralización. Es una de las desventajas de no ser asesinos profesionales.

Sapitos de rulo

Apenas Angélica entraba bajo el agua caliente de la ducha, él se metía, desnudo y anhelante junto a ella.

—Pareces un sapito de rulo.

—¿Qué?

No entendía el norteamericano, se unía a ella bajo el regaderazo humeante, el inclinaba la cabeza para que el chisporroteo del agua no acallara la voz de la muchacha; el pelo rubio, oscurecido ahora; inundado el rostro hacia arriba, los breves pechos recubiertos por la deslizante seda del champú.

—¿Qué?

Ella gritaba: «Eres como un sapito de rulo.»

Hicieron el amor de pie, entre el vapor oloroso a manzana; ella se abrazaba y el la sostenía en alto. Angélica murmuraba: «sapito de rulo, sapito de rulo.»

Después, mientras se frotaban el uno al otro con las grandes toallas del hotel, Angélica aclaraba:

—Los sapos de rulo de mi tierra, sólo van al agua a hacer el amor. Una vez al año.

—¿Sólo una vez al año?

—Sí; sólo una vez. Los sapitos de rulo.

Él pasó a hablar en inglés.

Angélica reía y él se quejaba de que lo compararan con quienes sólo hacen el amor una vez al año.

—Eres un sapito de rulo que ves el agua y buscas hembra.

Volvían a reír, desnudos, frente a frente.

Estos momentos de alegría desbordante y sencilla se estaban repitiendo en los últimos tiempos; eran incontenibles gritos de libertad, expresados a carcajadas o entre los quejidos del amor. Buscaban exhibirse sin ropa, en el dormitorio, en un clima caliente, gozándose con sus imágenes. Se tomaban de la cintura y se mostraban ante el gran espejo, mirándose sin prisa, en ocasiones sonrientes, otras veces asombrándose de su presencia saludable, descubriéndose con una minuciosa atención lunares diminutos, señales de la infancia. Él buscaba en los alrededores del pubis de Angélica, levísimas manchas doradas que señalaba con un dedo inquisidor que volvía la risa a la mujer.

Se tumbaba en el suelo, abiertos los brazos, y ella iba al baño y volvía con una esponja chorreante y salpicaba el pene flácido, con el gesto de quien riega una planta marchita.

—Para que se despierte el sapito de rulo.

Y luego lo gozaba, sobre él, sentada y moviéndose con un ritmo de amazona que gira cadenciosamente sobre la pista ovalada, inclinándose hacia adelante para palmear con suavidad las ancas de su hombre, que con los ojos cerrados se deja galopar y consiente en servir de muelle y sumiso animal; sapito de rulo.

El agua de la ducha ha seguido saliendo y todo el dormitorio navega ahora en una bruma caliente que disuelve las figuras del espejo y cubre de humedad los grandes cristales; al otro lado, la ciudad se va perdiendo y diluyendo.

Angélica se ha vencido y ahora se desliza hasta dejarse caer en la alfombra y deposita su cabeza, con el pelo largo y aún mojado, sobre el estómago de su hombre.

Después toca, primero con la punta de los dedos y luego dejándolos caer en la palma de la mano derecha, los testículos que se acogen cabalmente en el carnoso recipiente, como si estuvieran siendo ofrecidos en un homenaje al amor consumado.

—¿Cómo se llaman en inglés?

—Testicles.

—¿Y en español?

—Lo sé: testículos.

—Sí, pero también cojones. Es una palabra fuerte, pero apropiada.

Él se deja hacer, pero busca con la mano la espalda de Angélica.

—En mi país hay un pájaro que se llama perdiz cojón.

—¿Cómo?

—Sí; perdiz cojón.

Él se ríe. «No es posible.»

—Así lo llaman, es un pájaro pequeño, que se esconde entre la hierba. Nunca se le ve, pero cuando busca a la pareja se descubre, porque canta muy alto. Y dice: cojón, cojón, cojón.

Él sacude su pereza, se sienta en el suelo; no lo puede creer.

—No es cierto, no es cierto. Ni el sapito que hace el amor en la ducha ni el pájaro que dice cojón cuando habla con su hembra.

Angélica adopta ahora un aire muy serio; muy divertidamente serio.

—Nunca miento; cuando hablo de la naturaleza, nunca miento.

Ríen de nuevo. Para verse los ojos tienen que acercarse mucho.

—Verdad, verdad. La perdiz y el sapito son de mi tierra; Chile. Así somos allá.

—¿Qué otros animales hay en Chile?

Ella se inclina para ser abrazada y baja la voz: «Hay otro animal en Chile. Pero se va a extinguir.»

—¿Cómo se llama?

—Otro día; otro día te diré.

Y se queda apretada al hombre, mientras la habitación es ya solamente una bruma en la que se hunden abrazados, entremezclados, envueltos en una finísima capa de humedad y deseo.

La pluma y el corazón

Cuando Gregorio Charles abandonaba el hotel para irse a la Universidad, se encontró con el gesto contenido y tenso de Emilio Ramírez, que lo esperaba de pie, en el *hall*, con las manos en los bolsos, la cabeza despeinada.

Hablaron rápidamente en inglés.

—What happen with you?

—Yes.

Pero Emilio tenía necesidad de contar algo; así que ambos tomaron el metro y viajaron hacia Columbia. De cuando en cuando, Charles miraba a su amigo, pero éste parecía dispuesto a no hablar hasta que encontrara el lugar adecuado.

—No puedo perder a John.

Caminaron sobre el campo, mojado y blando, mientras del río llegaban algunas gaviotas volando muy bajo.

Charles repetía: «Tranquilízate.»

—No lo puedo perder.

Encontraron una banca y fueron a sentarse en ella. Emilio seguía ocultando sus manos, dentro de las grandes bolsas de su chamarra oscura.

Charles vio a lo lejos a un amigo, se levantó sin decir nada y volvió con dos cigarrillos encendidos. Fumaron en silencio. Emilio tosió durante un momento, tiró el tabaco sobre la hierba, lo pisó con fuerza y luego se llevó las manos a la cara. Todo su cuerpo se agitó en espasmos muy breves, como producidos por toques eléctricos; pero no produjo ningún ruido.

Charles tiró también su pitillo y comenzó a observar el vuelo de las gaviotas. Una bajó planeando y fue a posarse sobre el campo. Allí se quedó inmóvil, con la cabeza muy alta.

Los movimientos bruscos y silenciosos de Emilio iban espaciándose, pero se había encorvado tanto, que casi ocultaba la cabeza entre las rodillas; las manos abiertas sobre las orejas. Pasó trotando una muchacha con el pelo sujeto por una tira de tela blanca que ondeaba tras de ella; los miró y Charles se sintió absurdamente culpable. No sabía si tocar la espalda de su amigo para tranquilizarle o aguardar en silencio.

Dijo: Tranquilízate.

Al fin, Emilio se quedó inmóvil durante un instante y luego comenzó a balancearse hacia atrás y adelante, a un ritmo muy lento.

Charles no soportó más la situación; tomó de los hombros a Emilio y lo zarandeó con fuerza.

—Tranquilízate.

Ahora lo dijo casi indignado. La muchacha de la cinta blanca había vuelto a pasar muy cerca y los había mirado descaradamente.

Emilio se puso en pie, alisó su pelo hacia atrás; estaba pálido, pero bajo los ojos tenía unas manchas oscuras que le llegaban hasta las mejillas. Cuando comenzó a hablar tuvo que interrumpirse, porque la voz se le quebraba. Al fin dijo:

—Pídele que no me abandone. Díselo.

Y dio la vuelta comenzando a alejarse con pasos exageradamente largos, la cabeza de nuevo hundida.

La joven de la cinta blanca volvía a acercarse, miraba

a Charles con una sugerencia de sonrisa. Charles pensó:

—Cree que soy homosexual.

Después se encaminó hacia el edificio en el que hoy se pronunciaría una conferencia sobre el destino del pueblo chicano. En ese instante recordó los papeles que llevaba consigo; unos apuntes para desarrollar un viejo tema; «La pluma y el corazón.»

Cuando tomó asiento entre un grupo numeroso de alumnos de piel oscura, se descubrió avergonzado. Se dijo: «Me avergüenzo de avergonzarme.»

Y pensó en Emilio Ramírez con una ternura que no se había atrevido a demostrar momentos antes. Pensó también, que en esos momentos le hubiera sido necesaria la presencia de Angélica. «Ella sabe mejor que yo, cómo resolver estas cosas.»

Y cuando ya el conferenciante ocupaba su lugar tras de la mesa, descubrió que: «La necesito.»

El conferenciante era un hombre maduro de grandes bigotes canos, de gafas que le daban el aspecto de un búho, con unas botas de piso muy alto, blando, parecía hundirse un poco al caminar. Lo que iba diciendo, en un inglés lento como si temiera que los alumnos no fueran lo suficientemente agudos para comprender, lo recalcaba con movimientos de manos muy precisos; como un director de orquesta.

Las frases del maestro llegaban y se iban, dejando sólo jirones de pensamiento en la memoria de Gregorio.

—Cada pueblo debe escribir su historia y los pueblos derrotados están obligados a oponer su historia a la que escribirán los vencedores.

Un joven, de pelo negro y aceitado, levantó su mano. El maestro hizo un gesto asintiendo.

—¿Qué se nos pide; nuestra historia o nuestra defensa?

El conferenciante parecía confundido.

Gregorio Charles, habló en voz alta: «La pluma y el corazón.»

El maestro movía la cabeza buscando a quien lo había dicho.

Gregorio: «Yo fui.»

—¿Qué dijo?

—Solamente dije: la pluma y el corazón.

El maestro se quitó las grandes gafas y miró hacia el suelo.

—Es posible que ése sea el punto de partida. Es muy posible.

Ahora Gregorio se sentía culpable por haber dejado solo a Emilio, caminando desesperado por el campus. Buscó una disculpa a su comportamiento y encontró que la responsable era la muchacha de la cinta de tela blanca. «Lo dejé ir por la forma en que ella me miró» La conferencia se había terminado: «Nunca podré escribir mi historia, sino mi defensa.»

Caminó durante más de media hora con la esperanza de encontrar a Emilio o acaso con la esperanza de no encontrarlo.

La confidencia

Curiosamente el encuentro entre Gregorio y Emilio produjo una serie de acontecimientos en cadena y obligó a nuevas confidencias y sorprendentes descubrimientos. Gregorio llamó por teléfono, esa misma tarde, a John y se citaron en una cafetería de la calle 46.

No sabía como iniciar la conversación; pensó que lo mejor sería contar su encuentro con Emilio.

—Sólo me pidió que te aconsejara que no lo abandonaras. Pero comprendo que no tengo derecho...

John tomaba un refresco en aparente calma.

—J.J. está furioso; quiere que vuelva con él; fue mi compañero durante un año; hasta que conocí a Emilio. No sé qué hacer.

Charles se sentía culpable:

—Yo, verdaderamente, no tengo derecho...

—Voy a tomar una decisión. Es posible que los deje a los dos y me vuelva con mi familia.

—Emilio es un hombre bueno.

—Sí, sí; lo es. J.J. es peligroso.

Charles fue sorprendido con esta afirmación:

—¿Peligroso?

—Y hay algo más.

—¿Sí?

—J.J. me contó que tu amiga está involucrada con

un grupo de guerrilleros que preparan un golpe de estado en su país. Yo mismo la vi con ellos en Boston. J.J. sabe que han comprado armas y que el estallido del movimiento se va a producir dentro de poco.

Gregorio Charles estaba aturdido y pedía más detalles. Pero John no sabía sino lo que J.J. le había contado.

Después John dijo a un Gregorio confuso y que apenas si le escuchaba, que había vuelto con Emilio.

Dejé de nuevo a J.J., y ahora vivo con Emilio, en su casa. Pero yo le dije que esto no podía seguir. El viaje con J.J. fue agradable.

—No sabía que...

Y John descubrió, demasiado tarde, que Angélica no le había denunciado.

—Creí que tu mujer te había dicho a ti y a Emilio, que me vio en Boston con J.J.

—No, nunca me dijo nada.

Los dos parecían igualmente sorprendidos.

—No debí de haberte contado esa historia.

—Está bien.

—No, no debí. Yo también tengo problemas; J.J. se ha vuelto intratable desde que me fui a vivir con Emilio. Me llama todos los días dos y tres veces por teléfono.

Pero era obvio que estas confidencias no interesaban a Charles, que se despidió, dando la mano.

Esa noche Angélica, ya en la cama, contó el proyecto de asesinar al dictador y cuál había sido su participación. Después abrió la cajetilla de tabaco chileno buscó el cigarrillo marcado con barra de labios y encontró el teléfono.

El sábado 17 de noviembre a las diez de la mañana Angélica se reunía con todo el grupo en la casa de Jorge.

La operación estaba en peligro J.J. se había convertido en una amenaza.

Rodeada por todos sus compatriotas, Angélica tuvo

un último gesto de sinceridad:

—Yo he contado a mi novio lo que pretendemos.

Frente a la mirada asustada de todos, Jorge se levantó pálido y tranquilo.

—Tengamos calma. Sé cómo encontrar al profesor de inglés. Preparemos la salida. Preparen sus cosas. Después dijo:

—Tú, María, te vienes con nosotros. Ocuparás el lugar de Jesusa.

Angélica dijo que lo haría:

—No te despidas de tu novio.

—No, eso no lo haré. Me merece tanta confianza como vosotros.

Y había tanta decisión en ella, que nadie se atrevió a contradecirla.

Pálidas banderas

Jorge pensó que era necesario vitalizar al grupo, despojarle de tanta incertidumbre y ahogo. Así que antes de que Angélica se fuera, propuso que se le diera un nombre a la operación.

Pronto todos participaron con pasión y entusiasmo; como si la idea de que la hora crítica había sido decidida los galvanizara.

Jorge quería un nombre que no fuera ni guerrero ni espectacular.

Antonio trajo un libro de poemas de Pablo Neruda y propuso que el nombre fuera tomado de un verso.

Era una idea nueva y sorprendente, también una bella idea.

Carmen, la mujer viuda, comenzó a recitar en voz baja, de una forma apasionada y emotiva, fragmentos de la oda a Stalingrado.

—Ciudad, ciudad de fuego, resiste hasta que un día, lleguemos, indios náufragos, a tocar tus murallas.

Jorge la miraba moviendo la cabeza.

—Algo más nuestro; más nuestro.

Antonio encontró:

—Un minuto profundo una magnolia rota.

Pero Carmen insistía:

—Escuchen, escuchen. ¿Qué tal «violenta espuma»? Operación violenta espuma.

Y después recitaba:

«Guárdame un trozo de violenta espuma. Guárdame un rifle. Guárdame un arado. Y que lo pongan en mi sepultura, con una espiga roja de un estado.»

Antonio encontró: «Todo descansa, apenas, sobre un temblor de lluvia.» Y después:

—Saldrá desde tu corazón un rayo rojo.

Operación rayo rojo, parecía comenzar a ser lo adecuado.

Angélica se oponía:

—No tiñamos el acto de destruir a un dictador con un cierto color. Estamos ejerciendo una acción moral. ¿No es así?

Jorge dijo que así era.

José, el joven médico, recordó, de pronto:

«Patria, puso la tierra, en tus manos delgadas, su más duro estandarte.»

—¿Su más duro estandarte?

Carmen estaba de acuerdo, Jorge no:

—No, nada que nos identifique como un grupo de acción enérgica. Hemos sido elegidos justamente por no ser hombres de acción enérgica. Por no ser duros; sino justicieros.

Y fue entonces, cuando Antonio comenzó a leer delicadamente «Oda a la pobreza.»

Con la nieve flotando al otro lado de las ventanas, en una mañana gris y somnolienta, el grupo de jóvenes escuchaba en silencio, como si se hubiera producido la revelación.

Derrotaré
tus pálidas banderas

> *en donde se levanten.*
> *Otros poetas*
> *antaño te llamaron*
> *santa*
> *veneraron tu capa,*
> *se alimentaron de humo*
> *y desaparecieron*
> *Yo*
> *te desafío*
> *con duros versos te golpeo el rostro,*
> *te embarco y te destierro.*

—Pálidas banderas.

Josefina la historiadora de 24 años, sonreía:

—Es un nombre emocionante y curioso para un grupo de acción: «Pálidas banderas.»

—Podría ser el título de una revista literaria.

—Justamente.

Jorge decía: «Es un nombre revelador, con el paso de los años los historiadores deducirán de esta frase qué tipo de mujeres y hombres éramos los que destruimos al dictador.»

Josefina decía: «Las pálidas banderas del hambre como bandera de un grupo de gentes de justicia. No parece tener mucho sentido, aún cuando sea bello.»

—Jorge dudaba, pero sonreía: «No parece razonable acogernos bajo las pálidas banderas del hambre.»

Antonio: «Pálidas banderas; es decir negación de toda bandera, que tiene por fuerza que ser de colores fuertes.»

Y Angélica. «Banderas tan pálidas que desaparecerán en el aire, cuando el trabajo haya terminado.»

Esta última frase resultó decisiva; un movimiento de poética solidaridad puso al grupo en pie. Las dos palabras parecían haber entrado en la imaginación de las siete personas y su mágica música estaba ya por encima de todo raciocinio y de toda duda. Las pálidas banderas de quienes volverían, después de ejecutar su acción, a la vida común y oscura. No las banderas del hambre; sino las banderas de quienes se negaban a tener bandera. Telas que mueve un aire de esperanza, un viento de ilusiones. Estaban de pie, ojos brillantes, de nuevo vigorosos y decididos. Jorge advirtió que aquellas dos palabras los habían transformado; de nuevo eran lo que habían querido ser. Decidió no oponerse; si esas dos palabras habían producido un milagro, ya eran buenas. No buscarían más. Pensó: «Pálidas banderas condenadas a la invisibilidad y al olvido.»

Y después: ¿Qué pensaría Neruda de todo esto?

Y sonrió.

Para la intuición de Angélica, estaba clara la serie de oblicuas razones emocionales que habían movido al grupo hacia la elección de una imagen tan poco beligerante. Las banderas pálidas dejaban de ser un símbolo del hambre para convertirse en la imagen de un acto inexorable de justicia, que se llevaría a cabo sólo en nombre de la justicia. El grupo había renunciado a cobrar el precio de su sacrificio y se negaba a rodear el acto destructivo de cantos y tambores, de telas y desfiles. Las pálidas banderas irían a desteñirse en el aire cuando todo se hubiera acabado.

Jorge dijo: «Vamos a combatir no bajo el signo de las pálidas banderas del hambre, sino bajo el signo de las antibanderas.»

Jorge decidió que en el espacio de diez días irían saliendo todos en diferentes vuelos rumbo a Santiago de Chile. Allí serían recibidos por el profesor de inglés, quien les indicaría el paso siguiente.

San Patricio

Angélica caminó por la Quinta Avenida, arropada con un gorro de lana y sus guantes rojos de borlas oscilantes; jirones de nieve desaparecían de inmediato sobre el pavimento y un clima gris envolvía a los apresurados seres que la rodeaban.

Pasar de ser una mensajera bien entrenada a una activista con un recordado pero lejano entrenamiento de armas, destruía todo su cuidadoso equilibrio emocional. Por otra parte, y aún cuando intentara ocultarse esta realidad, la imagen de Gregorio Charles aparecía constantemente sobre todas las recientes emociones.

Caminó sin prisa, pero enérgicamente, hasta llegar a la catedral de San Patricio, y cuando se disponía a cambiar de acera para dirigirse a la Avenida de las Américas y volver hasta su hotel, tomó una decisión de la que no se hubiera creído capaz momentos antes.

Entró en la catedral y fue revisando los confesionarios hasta encontrar en uno de ellos un nombre español, «R.P. Jorge Fernández F.». La catedral estaba iluminada por cientos de velas delgadas y altas, y había acogido a ancianos y mendigos que dormitaban envueltos en el clima cálido creado por la calefacción.

Angélica tocó un timbre y se arrodilló en un costado del confesionario de madera barnizada y olorosa. Al poco tiempo, advirtió que el cura ya había llegado y susurraba algo.

Angélica lo interrumpió.

—¿Habla usted español?

—Soy mexicano.

—Padre, sólo quiero hacer una pregunta.

—¿No te quieres confesar?

—No; quiero preguntarle algo importante.

El cura parecía sorprendido.

—Bueno...

—Padre, formo parte de un grupo que estamos organizando para matar a un tirano. La pregunta es: ¿Si consigo matarlo, perderé mi alma?

Al otro lado de las rejas de madera, algo se movía incómodamente.

—¿Hablas en serio?

—Sí, padre.

—¡Qué es lo que quieres?

—Saber eso; ¿perderé mi alma?

—Tú vienes a que te asegure que después de un asesinato irás al cielo. ¿Es eso?

—Me vengo a informar, padre.

—¿No quieres confesarte?

—No, padre.

—Primero te diré que si matas a un hombre, te condenas.

—¿Pierdo mi alma?

—Sí; la pierdes.

—¿Aún cuando ese hombre sea un tirano?

—¿Quién dice que es un tirano?

—Todo el pueblo lo dice. Yo lo digo.

De nuevo el roce de ropas, una respiración sonora, una tensión que parecía desprenderse del negro confesionario.

—Bueno; la iglesia concibe el tiranicidio.

—¿Lo disculpa?

—Digamos que lo juzga oportuno en ciertas condiciones.

—¿Y qué piensa la iglesia de los tiranicidas?

—Yo te preguntaría, mejor: ¿Qué piensan los tiranicidas de sí mismos?

—En cuanto a mí, yo me absuelvo.

—Pero quieres que la Iglesia te absuelva también.

—Quiero saber, si en el caso de que el alma exista, qué pasará con la mía.

—Te recuerdo algo más: Jesucristo ordenó perdonar a los enemigos.

—¿Y continuar bajo el poder del tirano?

El cura dijo algo que no entendió Angélica.

Ella se iba sintiendo por momentos más tranquila, más segura. Parecía comenzar a gozar con el diálogo, con las dudas y silencios del mexicano.

—Perdón, no entendí.

—Tú lo que quieres es que te permita ir a matar a un hombre.

—Sí; más o menos.

—Eso no lo puedo hacer.

—Sin embargo, padre, otros sacerdotes han participado en la muerte de los dictadores.

—Allá ellos con su conciencia.

—¿Habrán esos curas perdido su alma?

—A mi juicio, sí. Están condenados.

—Yo, también.

—Mira, hija ¿estás decidida a formar parte de esa conjura?

—Sí, ya le dije.

—¿De qué nacionalidad eres?

—No se lo puedo decir.

Comenzó a sonar un órgano como manejado por alguien que estuviera haciendo ejercicios. De cuando en cuando sonaban toses y carraspeos que las grandes naves convertían en escandalosos ruidos.

—¿No te quieres confesar?

—No, padre. No por ahora.

—¿Sabes rezar?

—Sí, algo. Me enseñaron de niña.

—Pero ya te habías confesado alguna vez.

—Sí, de niña también.

—Quiero que me hagas un favor.

Angélica pareció dudar.

—¿Qué favor?

—Déjame que considere esta conversación como una confesión.

—¿Para qué?

—Quiero absolverte.

—Bueno.

—Te absuelvo en nombre del Padre, del Hijo y del Espíritu Santo. Vete en paz.

—Gracias.

Angélica se levantó y comenzó a caminar hacia la salida, envuelta en la luz dorada de las velas y la música ceremoniosa y sonora del órgano. El cura mexicano, Jorge Fernández F., dijo algo más que ella no pudo oír.

«Sólo los violentos arrebatarán el reino de los cielos.»

Jamás entenderé

Angélica contó a su amigo la conversación con el cura de San Patricio.

—¿Por qué fuiste?

—Quería saber cuál sería el destino de mi alma.

—Pero, ¿tú piensas, realmente, matar al dictador de tu país?

—Sí, lo pienso.

—No es posible.

—Lo es.

La habitación estaba muy caliente y él caminaba descalzo sobre la moqueta, vestido con un pantalón corto. Al otro lado de la ventana la nieve quedaba durante unos instantes pegada a los cristales, para luego convertirse en gotas de agua. Angélica estaba en la cama, desnuda bajo la sábana.

—¿Y qué hará Dios con tu alma?

—No es ése el problema, más bien quería saber lo que piensa la Iglesia.

—¿Qué piensa?

—No sé. Hay varias iglesias. El cura de hoy parecía entender.

—¿Y Dios, qué opina?

Ella lo miró sorprendida. Él abrió el refrigerador y sacó una cerveza, ofreciéndosela en silencio.

—No; no ahora.

Se sentó junto a Angélica, en el borde de la cama.

—¿Sabías que mi bisabuelo fue un forajido mexicano?

No lo sabía y él contó la vieja historia; pero de una forma muy seca, rápida. Como para liberarse de una imagen pegajosa.

—Pero; ¿dejó caer las pistolas en el río?

—Sí; en el Río Grande. Estaban hablando en inglés. Él precisó:

—Aquí llamamos a ese tipo de hombres, *desperados*.

Ella pasó al español.

—Desesperados.

—No, *desperados*. Son los hombres locos, los furiosos y también un poco héroes.

—¿No los entiendes, a los *desperados*?

—Desde que te conozco intento entender muchas cosas. Pero las gentes del sur, son distintas.

—Tú eres, en parte, hombre del sur.

—Sí; es cierto.

Angélica lo invitaba a entrar en la cama, pero él parecía no enterarse, conservaba en la mano la botella abierta de cerveza y aún no la había probado.

—Ven.

—Dime: ¿fuiste a San Patricio a que te autorizaran a matar a un hombre?

—Es posible.

—No te pueden autorizar eso.

—No lo sé. La Iglesia, en ocasiones acepta que se mate al dictador.

—Ah.

Al fin se llevó la botella a la boca y bebió largamente. Parte de la cerveza le caía por el pecho desnudo y tostado por el sol. Angélica lo miraba sonriente, con un gesto de propietaria orgullosa.

Él cambió. bruscamente, de actitud. Dejó la botella sobre el suelo, se quitó los pantalones cortos y se metió en la cama. Se subió sobre Angélica y comenzó a estrujarla de forma angustiosa y urgente.

—No quiero que lo hagas.

—¿Qué?

—Que lo hagas. No quiero que te vayas y que mates a ese hombre.

Angélica aceptó de forma suave, como condescendiente, que la fuera penetrando. Le hablaba con suavidad:

—Tengo que hacerlo; tengo que hacerlo.

Él parecía a punto de llorar, mientras entraba en Angélica y se movía con fuerza, agitadamente.

El orgasmo llegó muy pronto, de forma insatisfactoria, mezclado con la angustia que agitaba al muchacho. Ella le acariciaba la cabeza.

Gregorio Charles se fue saliendo de Angélica y quedó de costado, la cara entre el pelo rubio de la muchacha. Le habló al oído:

—Dime.

—Sí.

—Dime ¿jamás te entenderé?

Angélica continuaba pasándole la mano por la cabeza, ahora de una manera algo más mecánica, repetitiva.

Dieciséis de noviembre

Ese día llegó la orden del profesor de inglés; tenían que comenzar a salir para Santiago, en grupos de dos. Viajarían con poco equipaje, algunos libros, ningún material o documento comprometedor. No podían avisar a familiares ni amigos. En Santiago alguien les daría un papel con una dirección; allí se reunirían poco a poco, todos.

El grupo entero pareció, de pronto, adquirir una vida distinta, brillaban los ojos, hablaban nerviosamente, se tocaban los unos a los otros.

Carmen tuvo un gesto que emocionó a todos: se puso de pie, al final de lo que llamaron «la última cena» y dijo con voz muy tensa y fuerte: «Pálidas banderas.»

Todos repitieron «pálidas banderas», y algunos sintieron que los ojos se les humedecían.

Al fin la hora había llegado. Comenzaron a destruir, esa misma noche, papeles y a lanzar objetos inútiles a los tambos de basura.

Jorge organizó el orden de salida; tardarían diez días en volver a encontrarse en Santiago. Él sería el último en viajar; con él iría María, a la que todos habían comenzado a llamar por su nombre verdadero: Angélica.

Se suponía que en Santiago encontrarían una casa en un lugar discreto, en la que habría comida y bebida, televisión y refrigerador; teléfono también. En esa casa vivirían escondidos hasta el momento de la acción. Para cuando llegaran, las armas ya estarían, también, en ese lugar oculto y cómodo.

Destruyendo periódicos, papeles, mapas, encontraron una libreta en la que Jesusa había escrito una serie de notas. Algunas eran referencias a Nueva York, al clima, a la nostalgia por la patria. Otras tenían un dramático acento: «Yo no podría llevar a cabo el acto, si supiera que después cobraría en fama, en prestigio o en historia.»

«Hacerlo por la obligación justiciera de hacerlo. Sin más.»

«Si el golpe no se da a la cabeza, se convierte en el oficio de destruir. Sólo eso.»

«Me voy a dar entera. Ardo por dentro. No quiero convertirme en llama antes de tiempo.»

La última nota decía:

«No me pueden pedir más. No llegaré al momento. Adiós, adiós. Siempre lo quise hacer. Pero es más fácil dejar de ser, que actuar.»

Encontró Antonio el cuaderno y lo mostró a Jorge, éste lo fue pasando a las mujeres y al fin recorrió todo el grupo. Curiosamente los miembros de «pálidas banderas» leyeron estos breves textos y no los volvieron a comentar; como si temieran que los intoxicara de alguna forma. Jorge rompió las páginas en trozos, una por una.

Esos últimos días en Nueva York, produjeron diferentes reacciones en cada miembro del grupo; Ramiro y Carmen, salieron juntos, hundidos en grandes abrigos oscuros, y caminaron interminablemente, tomados de la mano.

Antonio salía de un cine para entrar en otro y José y Josefina volvieron a los museos ya vistos y discutían su vida futura, «después del acto» con una aparente seguridad y alegría.

Jorge daba vueltas una y otra vez al plan de ataque, tomaba notas y después quemaba todos estos papeles en la cocina, de forma cuidadosa y hasta pulcra.

En una ocasión escribió con una barra de tinta sobre un papel grande: «Los mejores profesionales son los *amateurs*, entrenados como profesionales». El papel no fue quemado y estuvo dos días pegado a una pared; parecía tener una intención estimulante en aquel grupo que prefería llamarse a sí mismo justiciero que ajusticiador.

El mismo día dieciséis, sábado, Antonio volvió al atardecer para contarle a Jorge que había visto un documental sobre Chile.

—¿Y...?

—No sé. Se me apretó el corazón.

—¿Lo viste a él?

—Sí, claro. Apareció varias veces; está envejeciendo.

—¿Qué es lo que más te impresionó?

—Los ojos; son muy malignos.

—¿Qué pensaste?

—Bueno, no sé. Pensé que quería matarlo, pero después pensé que lo nuestro no tenía por qué ser un acto personal, ¿comprendes?»

Jorge le palmeó la espalda: «Muy bien, muy bien.»

Diálogos nocturnos

Despertaban en la noche, o más bien se adivinaban despiertos el uno al otro y una mano tanteaba bajo las sábanas y recibía de inmediato una respuesta. El sueño, que parecía no querer abandonar del todo al durmiente, comenzaba a diluirse en la oscuridad y ellos hablaban en voz baja, mirando hacia la negrura del techo. Diálogos nocturnos que pretendían, de forma confusa y tensa, resolver los sinuosos conflictos del día.

—¿Por qué dice John que J.J. es un hombre peligroso?
—No sé; no sé.
—¿Cuando hayan matado al dictador, tu país será feliz?
—No lo sé, tampoco lo sé.
—No te vayas.
—Me tengo que ir; me tengo que ir.

Se mandaban señales a través de esa mano que acaricia un hombro, que se desliza sobre el estómago y el sueño volvía a ellos para desvanecerse momentos después.

—John no debería portarse así.
—¿Cómo?
—Así, como se está portando. ¿Tú harías eso a Emilio?
—Yo no soy homosexual.
—Pero, si lo fueras, ¿te comportarías así?

Ella apretaba la mano de su hombre, como agradeciendo vivir junto a un ser incapaz de traición.

—Charlie.

—Dime.

—¿Cuando vuelva de Chile, te casarás conmigo?

—¿Es necesario?

—No lo sé.

—Si es necesario me caso contigo. Pero tienes que volver.

—Volveré.

—Mejor, no te vayas.

—No, tengo que irme; me tengo que ir.

Al otro lado de la puerta, por el largo pasillo del hotel, alfombrado y sordo, se desliza un carrito.

—Está amaneciendo.

—Sí.

—¿Qué tienes que hacer?

—Irme a la Universidad; hoy tengo tres horas de clase. ¿Y tú?

—Acudir a un ejercicio de salvamento en el aeropuerto La Guardia.

—¿Cómo es un ejercicio de salvamento?

—Sobre fotografías y después te llevan y ves aviones destrozados.

Hay muchas formas de comportarse si el avión se cae. Por ejemplo, si cae de picada, el piloto se mata, pero se puede salvar el viajero que está sentado en la cola. Se matan los que viajan en primera, ¿comprendes?

—¿Y si cae de panza el avión?

—Ah; eso es distinto. Entonces las azafatas, si salen con vida, abren las puertas, despliegan los tubos de goma y piden a los viajeros que se quiten los zapatos.

—Angélica.

—Dime.

—Diles a tus amigos que yo quiero ir con ellos, que quiero participar.

Ella ha retirado la mano, un espacio abierto sobre las sábanas puede ser una brecha profunda, lugar de nadie, tiempo de espera.

—No, no. Tú eres un extranjero. Esto es cosa de chilenos.

—Pídeles que me dejen ir.

—No, no; tú no puedes.

—Déjame hablar con el líder del grupo, déjame preguntarle. Quiero saber por qué...

—¿Quieres conocerlo?

—Sí, sí quiero.

Un delicado trazo de luz gris, muy tenue, cruza ahora la oscuridad y descubre un espejo, una silla, una lámpara. Poco a poco va a comenzar a crearse el dormitorio conocido, que se aparece a retazos, aún sin color, sin modelar. Sombras que se adivinan porque se conocen.

—Angélica.

—Sí.

—Que me diga la razón que los mueve. Necesito entenderte.

—¿A mí?

—Sí, entenderte a ti.

El sueño vuelve a ellos como viniendo desde muy lejos y los dos, al mismo tiempo, vuelven a buscarse bajo la ropa y las manos se encuentran y se unen y se quedan inmóviles, hundidas también en la inconsciencia.

Examen de la violencia

Estaban sentados en la sala del departamento de Jorge; ella se colocó entre los dos, de tal forma que parecía un árbitro dispuesto a juzgar si fuera necesario. El norteamericano y el chileno, uno a cada lado de la mesa, procuraban hablar despacio, cada uno en su idioma. Angélica intervino pocas veces, casi siempre para aclarar el significado de una palabra dudosa.

Jorge dijo: «No podemos dejar la violencia en manos de los violentos.» Parecía una paradoja banal, pero procuró darle contenido.

—¿Has visto alguna vez una pelea entre palomas? Es un encuentro salvaje, se picotean hasta asegurarse que el vencido ha muerto. Algunas veces siguen picoteando la cabeza del muerto, hasta que ya es sólo una pulpa sangrienta.

Gregorio Charles hizo un gesto negativo.

—Sin embargo, a las palomas les bastarían dos picotazos para terminar con sus enemigos.

Puso un especial énfasis en esto: «¡Sólo dos picotazos!»

Y después:

—Uno en cada ojo. Pero las palomas tienen una inhibición que les prohíbe picarse los ojos; no pueden dejarse ciegas unas a las otras. Una razón profunda les impide hundir el pico en los ojos de sus enemigos. ¿No lo sabías?

El norteamericano negaba con la cabeza.

—Es cierto. Bien; hay alguna inhibición en los violentos que les impide matar a los dictadores. Pueden matar a los policías de servicio, poner bombas en las estaciones de ferrocarril, derribar aviones con mujeres y niños; pero no pueden matar a los dictadores. Los dictadores mueren en sus camas.

—¿Eso es cierto?

—Sí, es cierto. Franco muere anciano, Stalin muere anciano, Batista muere retirado y feliz. Cuando unos militares pretenden matar a Hitler, fallan por causa de la inhibición; no son capaces de colocar la bomba bajo las narices del dictador. Es curioso; al dictador de Nicaragua lo pueden matar únicamente cuando ya ha dejado de ser dictador. El mexicano Porfirio Díaz, sale al exilio en un barco, como si fuera de vacaciones. Una excepción; capturan a Mussolini, en Italia, y lo matan y lo cuelgan boca abajo. Pero los que lo matan son criticados por medio mundo; la gente pensaba que no se debe colgar boca abajo a un dictador que ha causado miles de muertes. ¿Por qué? En tu país sólo matan a los presidentes liberales. En nuestros países los dictadores mueren viejos, retirados, millonarios. Sin embargo, es tan fácil matar a un policía como a un dictador; sólo se necesita una persona dispuesta a matar. Sólo eso. Encontrarás cientos de gentes que se dejarán matar por dar muerte a un policía; nadie va a dejarse matar por terminar con el hombre que creó a los policías. Por eso digo que la violencia no debe dejarse en manos de los violentos. No saben, se inhiben. Son como las palomas. Nosotros, que somos un grupo pacífico, vamos a dar solamente dos picotazos; sólo dos picotazos y no queremos premio por lo que vamos a hacer. Los violentos siempre quieren cobrar por la violencia. Nosotros, no.

Angélica intervino: ¿Quedó claro? ¿Sí?.

Charles quería saber: «¿Ustedes odian a los violentos?»

Angélica se apresuraba sobre Jorge: «No, no.»

Y Jorge: «No, claro que no. Pensamos que a los violentos los dirige la violencia; pensamos que no pretenden tanto terminar con la razón profunda que engendra la violencia, sino continuarla por otros caminos.»

Angélica concedía: «Mejores caminos.»

—Sí, de acuerdo. No se puede comparar la acción de un dictador con la de quienes pretenden derrocar la dictadura; aún cuando no sepan cómo.

Después Jorge contó: «Nuestra primera conexión fue con un miembro de la ETA que se había ido a resguardar durante un tiempo en Panamá. Me enseñó a poner una carga de plástico en un automóvil, todo lo que se necesitaba eran dos cables, una pinza de madera y el plástico. Yo le dije que me parecía imposible que yo me pudiera acercar al automóvil del dictador; y él me dijo que no había pensado eso, se trataba de hacer volar el automóvil de un policía. Ni se le había ocurrido pensar en lo que yo pretendía. Es cierto que sus compañeros hicieron volar en España a un hombre importante; a un tipo que acaso hubiera llegado a ser dictador. Pero que no lo era. ¿Entiendes? No lo era; todavía.»

Angélica miraba curiosamente anhelante el rostro de su hombre, esperando acaso no tanto la comprensión como la aprobación. Quería sentirlo a su lado. Pero Charles estaba demasiado confundido para hablar; los nuevos conceptos tenían que ser examinados y digeridos. Necesitaba tiempo.

Jorge se levantó, se puso detrás de su silla y fue relatando cómo un hombre, en Santiago de Chile, un profesor, había elegido, uno por uno, a todos los miembros del grupo y cómo les había dado posibilidades para que se entrenasen y cómo había creado una filosofía de la actuación práctica.

—Justamente porque todos somos intelectuales y no violentos, seremos violentamente prácticos.

Después, Jorge dijo que iría por un poco de agua a la cocina. Angélica tomó, repentinamente, la mano de Gregorio Charles y la besó o más bien la depositó sobre su boca, dejando que la palma le cubriera casi todo el rostro.

El resumió sus emociones: «Es que yo no quiero que te mueras tú.»

Pale Flags

—Pálidas banderas.

—*Pale flags*.

Para Angélica había sido liberador y aún agradable, el poder narrar a Gregorio todo el proyecto y hacer que éste y Jorge se conocieran. El largo secreto le había venido martirizando.

—En inglés pálidas banderas suena a título de película; muy poético: *pale flags*.

Ella asentía. Algunas noticias, sin embargo, se las había reservado. No dijo a Charles que desde el domingo día 18, se había iniciado el retorno de los conspiradores a Chile. El lunes 28 sólo quedaban en Nueva York, Angélica y Jorge; el resto se había escondido en lo que por tradición se llama «casa de seguridad» en Santiago. El viaje de los dos últimos expedicionarios quedó señalado para el martes o miércoles, de acuerdo con los vuelos disponibles. Angélica tenía que abandonar el hotel, dejando solamente una nota a la directora del curso, afirmando que su madre estaba muy grave. Era la única que no viajaría de incógnito, sino en un vuelo de su propia compañía.

En cuanto a la despedida de Gregorio Charles, Jorge dispuso, y Angélica lo aceptó, que no se produciría.

—Te vas sin decir adiós. Deja ropa y cosas tuyas en el cuarto y una sola nota. Aprovecha cuando salga para la

Universidad. Te vienes a casa y desde aquí al aeropuerto. ¿Quieres saber la fecha en que salimos?

—No; me lo dices el mismo día.

Gregorio miraba a Angélica intentando descubrir si la partida se produciría pronto.

—¿Cuándo se van?

—No lo sabemos.

Angélica animaba a su amigo con una sonrisa.

—De verdad; no lo sabemos.

—Dime cómo es Chile.

—Te diré, (y se llevaba un dedo a los labios, fingiendo hacer un esfuerzo de memoria. Él la miraba encandilado). Te diré: tenemos una iglesia llamada Caldera.

—¿Cómo?

—Caldera, la iglesia de Caldera. La iglesia tiene una concha de Oceanía, la más grande del mundo. En la concha hay siempre agua bendita fresca. Todos los días un cura la bendice. La iglesia la hizo el mismo que hizo la torre Eiffel, en París. Todos los años la tierra se mueve...

—¿Cómo?

—Se mueve, se mueve así (y ella se agita a sí misma, moviendo los pechos dentro del suéter blanco). ¿No sabes lo que es agitar?

—Sí, *earthquake*.

—Eso. La tierra se agita todos los años.

—¿Y qué hace la gente?

—Nada; espera.

—Tenemos unos animalitos chatos que se llaman coipos. Siempre están oliendo para arriba; así (levanta la cabeza y olfatea por el dormitorio, moviéndose a saltitos). Con los coipos se hacen abrigos para las señoras.

Gregorio pasa de la risa a la sorpresa.

—¿Los matan?

—Sí, porque no se pueden hacer abrigos con un coipo vivo.

—¿Qué más?

—Buenos, tenemos la llama, que es un animal que escupe al hombre en la cara.

—¿Por qué?

—Oh, pienso que lo desprecia.

Y ahora ríen los dos.

Gregorio está tumbado sobre la alfombra, observando la representación, riendo, exagerando sus gestos de asombro.

—Más.

—Es que Chile no es tan grande. Pero tenemos montañas blancas, color de rosa, color de chocolate, color dorado. Todo tipo de montañas. Tenemos demasiadas montañas. Algunas montañas son tan altas, que allá arriba se sienta Dios todas las tardes a fumar.

—¿Dios vive en Chile?

—No, no. Sólo nos visita.

—¿Hace frío en Chile?

—En parte sí y en parte no. Chile es como una media de mujer tendida a secar. Así de larga y estrecha. Y también como una pierna de mujer; arriba es muy cálida y en la punta de abajo está helada.

Charles tarda en entender, ella lo mira burlona. Luego traduce al inglés. Al fin él descubre la intención.

—Soy lento, soy lento. Arriba, ardiente.

Y ambos ríen otra vez.

—No hay que exagerar. Cálida, sólo cálida.

—Tú eres ardiente. (La lección sobre Chile está a punto de interrumpirse).

—Dime algo más.

—Verás, tenemos una isla poblada por gentes de piedra. Son gigantes que miran hacia el mar; enormes. La isla se llama Pascua.

—¿Pascua?

—Sí, eso. Otra isla se llama Robinson Crusoe. Y hay un sitio que se llama Baños del Corazón.

—No es posible.

—Sí, sí lo es. Baños del Corazón; ¿no es bello? Después de muy bañado, el corazón se pone a secar.

Charles estaba deslumbrado ante la nueva Angélica.

—Dime, tú ¿eres poeta?

—No; soy chilena.

Y ahora es ella la única que ríe, ya que Gregorio se ha quedado atrás.

—No te burles de mí. Te olvidas que soy gringo.

Ella se arrodilla a su lado: «Gringo, eres gringo.»

—Ahora quiero que me hables, otra vez, del sapito de rulo.

—Se va al agua y hace el amor con la sapita de rulo; después vuelve al lugar seco. Sólo siente deseo si se moja. Cuando está seco sólo piensa en comer. Pero en el agua es terrible.

—¿Cómo hacen el amor los sapitos de rulo?

—Verás; él se coloca sobre ella y con las patas la aprieta, la aprieta, hasta que la sapita de rulo gime.

—Pobre sapita de rulo.

—No creas; lo pasa bien.

—¿Qué come la gente en Chile?

—Temo decírtelo. No lo vas a creer.

—Sí, lo creo.

—Comen zapatos.

—¿Qué?

—Zapatos; choros zapatos. Así se llaman; choros zapatos.

Ella concede: «Son mariscos.»

—Ah. No me mientas.

—Son deliciosos los choros zapatos; son grandes, viven dentro de conchas oscuras. Mira, se me hace la boca agua con los choros zapatos.

—Ahora me cuentas cosas de la gente de Chile.

—Sí. Verás; en mi país vivieron mujeres y hombres, hace miles y miles de años y nos dejaron mensajes pintados en las rocas. Muchas rocas chilenas están cubiertas por estos mensajes.

—¿Qué dicen los mensajes?

—No lo sabemos. Eran gentes demasiado inteligentes para nosotros; no podemos descifrar sus mensajes.

—Angélica.

—Sí.

—Dime qué mensaje me dejarías tú a mí. ¿Qué mensaje sería?

Ella entra en el baño y vuelve con un grueso lápiz negro, grasiento. Sobre el espejo del dormitorio, muy despacio, va haciendo un extraño dibujo; una línea curva que se envuelve a sí misma, una espiral temblorosa. Ella termina el dibujo, se retira un paso, vuelve al espejo y añade un sólo punto, redondo, bastante grande.

—Ése es mi mensaje.

—Dime ¿qué dice?

Se inclina sobre Gregorio y lo besa en la boca.

—Es un misterio.

—¿Tendré que esperar miles de años para descifrar tu mensaje?

—Sí; miles de años.

Ha desaparecido la sonrisa; él parece haber sido tocado, de pronto, por la tristeza. Ella lo quiere volver a animar; le asusta que se hable de lo que ambos piensan.

—Ahora tú; ahora tú me dices cosas de Nuevo México.

Él se esfuerza por ser divertido. No puede.

—Tenemos una montaña que se llama Sandía.

—¿Sandía?

—Sí. Y hay poblados de indios que ya estaban ahí cuando llegaron los españoles, y después mi gente. Los indios viejos se emborrachan en las plazas de los pueblos y los indios jóvenes los recogen en la tarde y se los llevan a los poblados. Los indios jóvenes los recogen en camionetas; toman de los brazos a los indios viejos y los suben despacio, para no lastimarlos. Los indios viejos no hablan inglés. No saben lo que pasa. Se emborrachan escapando, cuando nadie los ve, de sus poblados y se van a los pueblos y se sientan en una banca de piedra y beben de las botellas; aguardiente. Al comienzo hablan entre ellos, después ya no. Dejan de hablar y tiran las botellas vacías en el pasto. Cuando llegan los indios jóvenes recogen las botellas, hablan con suavidad a los viejos y se los llevan de nuevo al poblado. En los poblados sólo pueden entrar los turistas a ciertas horas. Entran y si quieren retratar a un indio tienen que pagar. También pagan a la entrada del poblado. Los indios jóvenes tienen la mirada altiva.

María está mirando a Gregorio Charles; jamás le había oído hablar tanto, durante tanto tiempo. Tampoco nunca había escuchado este tono de voz, apagado y monótono.

El propio Charles parece sorprendido de sí mismo. Se pasa la mano por los labios y no se atreve a mirar a su mujer.

Después dice:

—¿Quieres saber más?

Ella niega con la cabeza, agitando el pelo rubio. Niega con demasiada fuerza. Y luego Angélica comienza a llorar. Él tarda unos momentos en acudir a su lado, a consolarla. Después lo hace y también la besa. En la nuca, levantando la melena con una mano, mientras ella se vuelve a acoger en el pecho de su hombre.

Sangre

A las cinco de la madrugada del miércoles 28 de noviembre, el teléfono los despertó. La voz de John sonaba entre gritos apagados, les pedía que fueran, inmediatamente, a casa de Emilio. Repetía «vengan pronto.» Charles le pasó el teléfono a Angélica, para que escuchara la súplica repetida:

—Por favor, vengan pronto.

Y parecía que John estaba llorando.

Los esperaba en la calle, encogido de hombros, temblando de frío. Apenas sí vio acercarse al taxi, abrió la puerta del portal invitándoles a entrar. Emilio estaba tirado en el suelo de la salita, desnudo, parecía que lo hubieran pintado de rojo. Todo el cuerpo de rojo. La boca abierta y los ojos extraviados y sin brillo. La sangre le había convertido el pelo en un pegote espeso y enrojecido.

Angélica, retrocedió hasta la puerta, con una mano en la boca y la otra señalando hacia las ingles de Emilio. Le habían cortado el pene, de cuajo. Charles acudió a interponerse entre la mujer y el cadáver. La obligó a apoyar su rostro contra su pecho, haciéndola retroceder hasta meterla en la cocina. El suelo de baldosas blancas estaba también ensangrentado. Sentó a Angélica en una silla, sirvió un vaso de agua y se lo dio. Después volvió a la sala; John seguía en pie, mirando el cuerpo de Emilio.

Charles entró en el dormitorio, sobre la cama estaba el pene; en el centro, curiosamente limpio, como si lo hubieran lavado. El dormitorio no tenía manchas ni señales de lucha; sólo ese trozo de carne, colocado sobre una colcha blanca. La televisión estaba encendida, pero no ofrecía imágenes, sino un chisporroteo constante. Cubrió el pene con una camisa abandonada sobre una silla y trajo a John hacia el dormitorio, tomándolo de un brazo.

—¿Tú lo mataste?
—No, no.
—¿Quién lo mató?
—No sé.
—¿En dónde estabas tú?
—Me fui con J.J.
—¿Estuviste todo el tiempo con J.J.?
—Sí, todo el tiempo. Después me vine, hace poco.

Gregorio Charles se sorprendió a sí mismo; se estaba comportando como un detective.

—Tenemos que sacar de aquí a Angélica. Si la policía viene y la ve es una catástrofe. No debí traerla.

Entró en la cocina y le pidió a su novia que saliera discretamente, tomara un taxi y se metiera en el hotel.

—No diremos que estuviste aquí.

Después, siguiendo lo aprendido en la televisión, lavó el vaso en que ella había bebido.

—¿En dónde tocaste?

Angélica aún no podía hablar; hacía un gesto de ignorancia. Con una toalla, limpió él algunos lugares de la cocina.

—Vete; no hagas ruido.

La besó en la frente y ella se fue.

John preguntaba: «¿Qué hacemos?»

—Llamar a la policía.
—¿Qué le decimos?

—La verdad.

—¿Les cuento de J.J.?

—Cuéntalo todo, o terminarás en la cárcel. Pero no digas que vino Angélica. Di que me llamaste a mi y que yo vine solo.

John aceptaba todo.

—¿Sabes quién lo mató?

—No, no. J.J. lo odiaba.

—¿A qué hora saliste de esta casa?

—A las ocho y volví a las cuatro y media, hace poco. Emilio estaba bien cuando lo dejé; me pedía que no me fuera. Tenía miedo.

—¿Tenía miedo?

John afirmaba con la cabeza.

—¿A quién le tenía miedo?

—A J.J. Tenía miedo.

—Ahora llama a la policía.

Lo hizo desde la cocina, mientras Gregorio Charles se sentaba en la misma silla que había ocupado Angélica y seguía limpiando con la toalla las posibles huellas de la mujer.

Menos de veinte minutos después llegaron los policías; cuatro guardias y tres detectives. Cuando uno de los detectives, el más viejo, alto y canoso, llegó al dormitorio, quitó bruscamente la camisa y produjo un silbido de burlona admiración.

El mismo policía hizo que John y Gregorio se colocaran junto a la cama, señaló el pene y preguntó sin dramatismo alguno:

—¿Quién lo cortó?

Gregorio hizo un gesto de ignorancia, John comenzó a temblar.

El detective volvió a preguntar:

—¿Quién se acostaba con el tipo?

John hizo ahora un gesto con la mano, señalándose.
—¿Y usted?

Gregorio contó que John lo había llamado por teléfono.

—Cuando vine todo estaba como ahora lo ve.

Un detective, más joven, tomaba notas. Los guardias uniformados estaban a la puerta; uno de ellos no se atrevía a mirar el cadáver.

Cuando le preguntaron, Gregorio dijo que no necesitaba abogado. Una hora después prestaba, de nuevo, declaración en una comisaría y a las dos de la tarde, lo dejaron, al fin, marcharse. A John no lo había vuelto a ver, ya que lo sacaron de la casa en otro automóvil.

Dio como domicilio el viejo hotel Wentworth de la calle 46 a donde fue y pidió una habitación. Desde allí habló por teléfono con Angélica. Ella estaba espantada.

—Me acaba de llamar J.J. Me dijo que lo supo por la televisión.

—¿Qué te dijo?

—Que iba a la policía, para sacar a John del conflicto. Me dijo que los dos tenían una coartada; habían estado juntos toda la noche.

—No me llames, no me busques. Yo te encontraré. Angélica dijo que no saldría de la habitación. Después murmuró: «¿Cómo es posible?»

Él durmió hasta las siete de la tarde, agotado. A esa hora se abrió la puerta y un hombre alto, fuerte, rubio, entró en el cuarto. Traía la llave que había usado en la mano.

Gregorio despertó asustado. El hombre sonreía. Mostró su placa de policía y le pidió que le acompañara.

En la misma comisaría lo hicieron entrar en una habitación en la que estaba J.J. y John. También el viejo detective que había conocido y dos hombres más. Sólo querían cruzar ciertos datos.

J.J. parecía tranquilo, incluso arrogante. John estaba destrozado, con la barba crecida, los ojos llorosos. Se había sentado lejos de la mesa que se encontraba en el centro de la habitación y apenas sí subió la cabeza para ver a su amigo.

El policía veterano preguntaba y consultaba con anotaciones hechas en una libreta grande, de papel amarillo.

—¿A qué hora recibió la llamada?
—¿A qué hora llegó al domicilio de Emilio Ramírez?
—¿Qué taxi tomó?
Gregorio Charles comenzó a ponerse en guardia:
—No recuerdo. Un taxi, en la Quinta Avenida.
—¿Llegó solo a la casa?
—Sí, solo.
—¿En dónde estaba John?
—En la calle, esperando
—¿Se lavó John las manos en la cocina?
—No.
—Vio usted algún cuchillo, alguna navaja?
—No; no vi nada.
—¿Cuándo conoció usted a Emilio Ramírez?
Contó largamente su amistad, desde niños.
—¿Sabía usted que era homosexual?
—Él me lo dijo, hace un par de meses.
—¿Qué amistades le conocía usted?
—Ninguna, excepto...
Y señaló con la mano a J.J. y a John.
—¿Le habló Emilio Ramírez de enemigos?
—No. Pero hace pocos días me dijo que tenía miedo. No; me dijo que temía perder a John; no que tenía miedo.
—¿Estaba nervioso?
—Más bien, angustiado.
—¿Conoce usted a los familiares de Emilio Ramírez?
—No, a nadie.

El policía cerró su libreta y se guardó el lápiz. Después pidió que nadie saliera de la ciudad en unos días y anunció que estaban en libertad. Gregorio advirtió, sorprendido, que al salir el detective daba la mano a J.J., como si fueran viejos conocidos.

Firmaron papeles, recogió John algunos objetos y pudieron salir a la calle los tres juntos.

J.J. no había dicho nada en todo este tiempo, pero ahora fue hacia Gregorio, le puso la mano en un hombro y dijo, muy pomposamente: «Gracias, muchacho.»

Eran ya casi las diez de la noche; J.J. propuso a John que fuera a su casa: «Vente conmigo; mañana iremos por tus cosas a tu departamento y cuando nos lo permitan recoges lo que tenías en casa de Emilio.»

John, negó con la cabeza. Parecía aún más desfallecido que nunca. El pelo rubio estaba sucio, despeinado.

J.J. se irguió, algo amenazador: ¿No vienes conmigo?
—No, no.
—¿Quieres irte a tu departamento?
—No, me voy con Charles, a su hotel.
Gregorio se sorprendió.
—Estoy en el Wentworth de la calle 46.
—No tengo ropa.
—Conocen a mi padre, te darán un cuarto y mañana llevas tus cosas.

De pronto J.J. se interpuso entre los dos; tomó un brazo de cada uno y apretó con fuerza. Hablaba arrastrando las palabras, como impidiéndose levantar la voz.

—No sean niños. John se viene conmigo.
—No, no.
—Sí; tú te vienes conmigo.
Charles liberó su brazo con un gesto muy brusco.
—Él hará lo que quiera.

John consiguió escapar de la mano que lo atenazaba y se colocó, muy infantilmente, detrás de Charles.

—Me voy con Charlie, a su hotel.

J.J., cambió de actitud, se dirigió Charles.

—¿Y tu amiga, la chilena, qué hace?

—Ayer volvió a su tierra. Ya no está aquí.

—Ah.

Gregorio paró repentinamente un taxi.

—¿Vienes John?

Subieron de prisa, como si huyeran. J.J. se quedó en la calle, viéndolos alejarse.

Hundido en el asiento, John dijo: «Él fue.»

Gregorio Charles sintió que sus rodillas temblaban, como si alguien las estuviera agitando. Después comenzó a pensar en Angélica y el nerviosismo se convirtió en terror. Tomó una decisión; ordenó al chofer que parara junto a un teléfono y luego lo despidió. Desde allí llamó a Angélica para que recogiera las cosas de ambos en una sola maleta y le esperara en el hall del hotel Hilton.

Ella preguntó:

—¿A dónde vamos?

—A casa de tu amigo.

—¿Mi amigo?

—Jorge.

El miedo y la fe

Angélica no tenía el teléfono del departamento, así que decidieron que ella, sola, subiera primero y hablara con Jorge. Ellos quedarían esperando en la calle, a unos cuantos metros. Eran las doce y cuarto de la noche. Angélica se asomó a una ventana y les hizo señas.

John parecía no enterarse de nada, se movía sin tener conciencia de los hechos; como si estuviera drogado. De cuando en cuando Gregorio le tocaba en la espalda, con un gesto protector:

—Todo se arreglará.

Jorge los recibió muy nervioso.

—Pueden quedarse aquí los dos; el departamento está pagado. Pero Angélica y yo dejamos mañana el país. Ese amigo de ustedes, J.J. sabe ya demasiado. Nos denunciará.

Angélica se disculpaba: «Yo he complicado las cosas.»

Llenaron la bañera de agua caliente e hicieron que John se sumergiera en ella; Angélica ayudó a desnudarlo, en la sala; él dejaba que hicieran, agotado.

Jorge sirvió café negro y se sentaron a tomarlo. De pronto la conversación se volvió nerviosa, rápida, en un tono angustiado. Todos hablaban al mismo tiempo.

—¿Los habrá seguido J.J.?

—No, no. Cambiamos de taxis, imposible.

—También dice que estuvieron juntos todo el tiempo.

—Ahora lo entiendo. J.J. drogó a John, salió de su departamento y mató a Emilio, luego volvió. Mientras John seguía dormido.

—¿Cómo era Emilio?

—Un gran tipo.

—¿Homosexual?

—Sí, claro.

—A la policía no le importan los crímenes de homosexuales; deja que se maten entre sí.

—¿Y por qué puso eso... sobre la cama?

—Para aterrar a John.

—¡John!

Angélica apremiaba a Charles para que fuera al cuarto de baño y vigilara a John. Volvía Charles, mojada la camisa.

—Se está secando. Me dijo que sí, que se durmió en casa de J.J. Es cierto lo que decías; lo mantuvo drogado.

—Aún está mal.

John apareció envuelto en una bata; le dieron dos tazas de café, una tras otra y las tomó sin sentarse; parecía haber envejecido, se encorvaba. Era como un hombre maduro que fingiera una ajada y aparente juventud.

Sentaron al muchacho; los cuatro estaban alrededor de la mesa. Jorge movía la cabeza, como señalando su incredulidad.

—Cómo se complican las cosas.

—La culpa fue mía.

—No; es que la vida no es sencilla. Eso es.

Después Jorge comenzó a hablar en español, mientras John parecía a punto de dormirse en la silla.

—Estamos unidos por la fuerza que más ata a las personas; el miedo. Tenemos miedo a J.J. y lo que pueda hacernos a los cuatro; yo temo que destruya una larga tarea de meses; ustedes tienen miedo de que mate a John también.

Después hizo en voz alta un examen de la situación; J.J. sabía a qué lugar habían enviado las armas en Chile, se trataba de un almacén que estaba vacío. La persona que lo había alquilado se encontraba en Madrid. No había dejado pistas. Un sólo hombre en Chile sabía quiénes eran los miembros del equipo de acción. Ahora bien: ¿qué podía hacer un J.J. desesperado?

—Intentará encontrar a John.

—Sí.

—Y la única forma es encontrarte a ti o a Angélica.

—¿Dejaron alguna pista en el hotel?

Angélica intervino: «No, salí sólo con una maleta. Dejé algo de ropa de Charlie y cosas mías. Sólo eso.»

Jorge: Angélica, tú y yo saldremos mañana para Chile. Charles y este muchacho pueden quedarse aquí el tiempo que quieran. Los dos departamentos han sido pagados por dos meses más.

—Yo quiero irme con vosotros.

—No.

Angélica hizo un gesto tan delicado y sorprendente, que las miradas de Gregorio y de Jorge siguieron su dedo índice y fueron a fijarse en John; se había quedado dormido en la silla, erecto, con los brazos caídos sobre los muslos, la bata abierta mostrando su pecho y su estómago; el gesto era casi sonriente, con la línea de los labios delicadamente marcada; unos labios carnosos y blandos, que parecían a punto de abrirse; había una pureza absoluta en ese dormir apacible, con la cabeza ligeramente ladeada y el pelo húmedo y rubio caído sobre las sienes. Respiraba sin ruido; apenas sí se advertía un movimiento en las aletas de la nariz y las manos se abrían con los dedos sueltos, sin vida, descansando sobre la seda del batín. Súbitamente se había liberado de todos los miedos, descansaba en una actitud antinatural y, sin embargo, cómoda y laxa. Tenía la calidad ingrávida de una fotografía y podía temerse que, de pronto, se derrumbara perdiendo ese insólito equilibrio. Un clima de ternura irradió de este ser desprotegido; callaron todos y parecían adoptar esa actitud de quien vigila, protector, a una persona que atraviesa cautamente un peligro, acaso caminando sobre una barda alta y estrecha.

Angélica pareció recoger esta curiosa emoción y dijo en un susurro: «Es el rostro de la inocencia.»

Y Gregorio, de pronto, como quien rompe un vidrio de una pedrada, recordó el pene, cortado y limpio, puesto sobre la colcha con un cuidado de escenógrafo atento al efecto final de su puesta en escena.

Jorge se levantó, sin ruido y dijo:

—Llevémoslo a un dormitorio.

Angélica hizo más café y después se quitó los zapatos; se desplomaron sobre la alfombra los tres, como quien llega de un largo y polvoriento viaje, y comenzaron a intercambiar largos monólogos; Gregorio hablaba de su reciente fe en un movimiento de destrucción del tirano, Angélica afirmaba que John era el único inocente del grupo, y Jorge negaba que la fe pudiera estar al servicio de una causa noble.

—Me niego a moverme empujado por la fe. Es cierto que levantó catedrales, pero a hombros de esclavos. Cuando varios hombres con fe toman una decisión, siempre deciden matar a quienes tienen una fe distinta. Nunca estaré con los hombres de fe, ni con los hombres de la caridad; sólo con los hombres de la esperanza. La fe es asesina; levanta catedrales sobre cadáveres. Nada tiene que ver la fe con la justicia; son cosas distintas. Muy distintas. Cuando te piden que tengas fe, te están pidiendo que seas esclavo. En nombre de la fe la mitad del mundo mata a la otra mitad; cuando no se cree en nada, se está con la duda y con el hombre. Así es.

Comenzaba a amanecer sobre la ciudad de Nueva York; una luz gris se filtraba a través de nubes muy bajas y traía con ella escalofríos y premoniciones.

—Pobre Emilio.

La miraron sorprendidos, porque esa queja parecía estar sonando en las tres cabezas: «Pobre Emilio.»

Charles contó que cuando visitaron el negocio de armas había visto una fotografía, en un marco, en donde J.J. era fácilmente reconocible.

—Un indígena estaba en el suelo, de rodillas, con las manos atadas a la espalda; y el soldado que le apuntaba con un fusil era J.J. Era una fotografía de la guerra de Vietnam. No puedo olvidar el rostro de terror del vietnamita. Sabía que J.J. lo iba a matar.

Después Charles confesó: «Nada de lo que está pasando puede ser cierto. No es cierto que Angélica salga mañana a matar...»

—Ejecutar.

Jorge puntualizaba; tenía los ojos rojizos y se frotaba las manos como si las sintiera sucias.

—J.J., si es que mató a Emilio, es un asesino. Nosotros somos los ejecutores de la justicia popular.

Charles se levantó, tomó de la mano a Angélica para hacer que ésta se pusiera de pie, y dijo que era necesario dormir algo.

Jorge miró el reloj: «Pueden dormir cuatro o cinco horas.»

Y añadió:

—Después ella y yo salimos para el aeropuerto.

Cuatro o cinco horas

El dormitorio quedaba cerrado tan herméticamente que ni una hebra de luz aparecía por debajo de la puerta o a través de las ventanas, cubiertas con cortinas gruesas. Una oscuridad total, absoluta, que ninguno de los dos intentó destruir. Se fueron tocando, cuidándose de caer muellemente sobre el suelo cubierto con una alfombra espesa. Con las manos tanteaban en la negrura hasta tener la seguridad de que se habían instalado en un lugar vacío y amplio. Después, ya sobre el piso, comenzaron a desvestirse con urgencia y sin delicadeza; destrozando las ropas que acaso ya no les servirían jamás; adivinando por el sonido que es lo que se estaba rasgando, destruyendo. En un silencio lleno de urgencias y misteriosos sollozos, se fueron desnudando el uno al otro hasta sentirse libres y unidos. Sentían a su alrededor la presencia de las telas y los zapatos desechados y en ocasiones tenían que alejarlos de sí con un gesto urgente de la mano. Se movían retardando el final, estrujándose, haciéndose daño en ocasiones. Después se separaban durante un instante, como para retomar fuerzas, y luego volvían a una unión desesperada. Y todo esto sin hablar; comunicándose con murmullos de imposible entendimiento. Llorando también algunas veces. Se quedaban dormidos, acaso, y luego se volvían a tocar, encontrar, unir. La negrura total los arropaba y los confundía, les hacía inmensos o diminutos; los desaparecía durante un momento y una mano ansiosa los recuperaba y los atenazaba y...

—Ya han pasado cuatro horas.

Ella, al fin, murmuró:

—Habían dicho cinco horas.

—Cuatro o cinco horas.

Se pusieron en pie, ayudándose uno al otro. Después él encendió la luz y un fulgor innecesario y cruel fue a descubrirlos despeinados, sudorosos, con el cuerpo enrojecido, la respiración agitada.

Al otro lado de la puerta volvieron a decir:

—Ya pasaron las cuatro horas.

Y ella repitió, pero ahora en voz alta:

—Había dicho cinco horas. Cinco horas.

SEGUNDA PARTE

SANTIAGO DE CHILE

Angélica ¿Cómo encontrarte?. Camino por el centro de las calles esperando que desde alguna ventana me descubras y me llames; camino durante todo el día. Al principio sin ningún orden, ahora con un mapa en la mano, trazando con cuidado rutas y señalando aquellos lugares por los que ya pasé. Marcando con una pluma roja las zonas que me parecen más adecuadas para encontrarte, para esconderse, para perderse y pasar desapercibido. Encontré algunas casas que me parecían hubieran podido ser elegidas por ustedes, y subí las escaleras mirando las puertas de los departamentos, para que tú, desde el otro lado, me adivinaras y me abrieras. Ahora sigo un sistema más racional, más concienzudo y también más cauteloso, ya que no quiero dañarte, sino estar contigo. Pienso, incluso, que ya tus amigos saben que estoy aquí, o que tú me has visto, desde una ventana y, sin embargo, me dejaste pasar. Y esto también entiendo aún cuando sufro. Me parece que así como yo puedo ver la ciudad, soy invisible para ella. O visible y rechazable. O acaso seguido paso a paso. Ayer estuve quieto, en una esquina, más de un cuarto de hora, esperando que alguien se acercara a mí, por la espalda y me pidiera que lo siguiera. Son minutos que no se terminan, un momento que se va estirando tensamente. Por las mañanas busco el periódico y miro la primera página en busca de noticias tuyas. Y el no verlas es, al mismo tiempo, angustia y tranquilidad. Son las seis de la tarde, tuve que volver, agotado, al hotel. Estuve mucho tiempo bajo la ducha, despegando de mí el cansancio. Hace un par de horas recordé lo que me dijo en Albuquerque un profesor de español: «escribir es sólo la prolongación natural del acto de pensar.» Si esto fuera totalmente cierto, con mis pensamientos hubiera podido llenar cientos de cuartillas, de papeles. Pienso tanto y tan contradictoriamente que voy emborronando una escritura que hasta hoy jamás escribí. Lo haré ahora, porque también he descubierto la importancia de la ausencia, el hueco que dejaste, dentro del cual me voy perdiendo. Muchas cosas me suceden en estas últimas semanas y acaso una de ellas, que no había advertido, es el hecho de que siempre, sin saberlo, quise ser escritor. Pero ¿cuándo se quiere ser escritor? ¿Cuándo llega al escritor la noticia de que ya lo es? No puedo imaginarme acudiendo a mi madre y diciéndole que voy a ser escritor. Ella me miraría asombrada, porque, sin duda, para ella los escritores son gentes que nacen escribiendo. Y yo, ¿por qué sería yo escritor? Mi madre piensa que soy lento y cauteloso, ¿son lentos y cautelosos los escritores? Pienso, ahora, que tú me hiciste escritor, si es que lo soy. ¿Lo soy? Acaso el escribir sólo será la prolongación natural del ejercicio de vivir. Quisiera que estuviera ahora, a mi lado, aquel profesor de español de Albuquerque, de barba blanca, que me sonreía y me aconsejaba que me fuera a Nueva York. Posiblemente él sabía cuándo nacen los escritores. En Columbia escuché que hay dos clases de escritores; los que escriben a partir de lo que han leído y los que escriben a partir de lo que han vivido. Acaso para algunos leer sea, también, vivir. Mañana comenzaré a buscarte siguiendo un método en el que lo que queda en mí de cauteloso, se irá mezclando, con lo que en mí ya hay de aventurero. Acabo de señalar todo un barrio en el que te buscaré. Se llama La Reina y he señalado un grupo de calles, en las que tienes que estar. En alguna de ellas. Comenzaré a buscarte de norte a sur, calle tras calle. Tienen nombre de viejos oficios; pienso que alguno de tu grupo eligió este lugar, por la misma razón por la cual yo lo elijo. Es decir, por una razón fuera de todo razonamiento. Las calles elegidas se llaman ebanistas, hilanderos, ceramistas, canteros. ¿Me habría escondido yo en una calle con uno de estos nombres? ¿Pensaré yo como piensa Jorge? Veamos; se trata de lugares alejados del centro, pacíficos, homenaje a artesanos y oficios respetables. Caminaré por el centro de la calle, despacio, mirando las casas, como si intentara alquilar un cuarto. He comprado tabaco chileno y me pararé a encender el pitillo y a fumar, con calma. Si encuentro algún lugar pequeño y cómodo, tomaré un café. Me haré ver; seré tan visible como pueda. Y te iré llamando en voz baja, constantemente. Algo más me está ocurriendo; escribo en inglés, pero pienso en español. Alguien dirá que no es posible. Lo es. Me está pasando a mí. Acaso tengo la mitad de cada parte de mi cerebro en mundos separados. Uno es el mundo que aprendí contigo, el de mis abuelos que ya estaba olvidado. Otro es mi mundo, el de siempre. Adiós, adiós. Procuraré dormir.

Cuando el hombrecillo de pelo cano llegó al almacén, lo encontró vacío. Subió, entonces, sobre unas cajas y miró hacia el interior alzándose sobre la punta de los pies; la oscuridad de la gran nave permitía, sin embargo, contemplar un largo espacio curiosamente limpio, como si lo hubieran barrido con gran cuidado, llevándose cualquier indicio de la presencia de hombres o materiales. El visitante estuvo un largo rato, sobre los cajones, en el callejón abandonado. Miraba a través de un cristal sucio, a través de una ventana pequeña cerrada con un candado por la parte interior. Buscaba una señal de cómo se habían llevado de allí la mercancía. No parecía tener prisa, ni temer la proximidad de algún curioso. Se bajó del atisbadero con cuidado y fue hacia la puerta del almacén, allí se inclinó hacia el suelo y terminó recogiendo algo y metiéndolo en su bolsillo. Después pasó a contemplar las casas pequeñas, bajas, mal pintadas, que rodeaban el almacén de madera, con techo de metal acanalado. Llamó a un par de puertas y al fin pudo hablar con una mujer anciana, algo sorda. La mujer dijo que no había visto a nadie llevarse nada del almacén. «No, no vi a nadie.» Y casi gritaba. Pero recordaba un automóvil; sí eso era: un automóvil. «No, no sé si venía gente dentro. Estaba solo.» Y afirmaba con la cabeza. El hombrecillo se acercaba a la mujer para hablar. «No, no, no recuerdo.» Cada vez gritaba más la vieja. El hombrecillo sonrió, pacientemente, y se fue. Dos calles más atrás le esperaba un tipo muy fuerte, que fumaba con las manos a la espalda. Charlaron unos momentos y después comenzaron a alejarse, ya con cierta prisa. Se perdieron de vista al doblar una calle. La vieja se metió en la casa.

Solamente doce minutos después de la marcha del hombrecillo, el profesor de inglés sabía de la visita.

—¿Policía?

—No (dijo la voz). No parecía policía.

El profesor de inglés colgó el teléfono sin preguntar nada más, y se fue a sentar ante una mesa de trabajo. A pesar de que no había oscurecido, encendió la luz de una lámpara, sacó un papel blanco de un cajón. Con una pluma de oro escribió: ¿Qué ganaría J.J. traicionándonos?

Estuvo mucho tiempo contemplando la frase; tomó el papel y lo rompió en pedazos pequeños en una papelera. Apagó la luz y abandonó el cuarto, que era pequeño, con las paredes recubiertas por estanterías llenas de libros. Al salir cerró la puerta con llave.

Buenos días, Angélica. ¿Qué día es hoy? Llevo ya casi una semana buscándote por Santiago. Hoy recibí una nota de la Embajada pidiéndome que me presente para cumplir unas formalidades. Iré dentro de un momento. Mi expedición para buscarte por las calles de los ebanistas y los hilanderos quedará para más tarde.

Recibió a Gregorio Charles un joven alto, cuidadosamente vestido, instalado en una oficina blanca, sin casi papeles. Dijo que era de Nueva York.

—Se trata de que cubra usted unos documentos. Los americanos nos olvidamos de que esto es una dictadura militar.

Y ponía los documentos sobre la mesa. Charles comenzó a responder a una serie de preguntas, escribiendo rápidamente.

El neoyorquino quería saber algunas cosas:

—¿Cuánto tiempo se quedará usted aquí?

—Dos o tres semanas.

Miraba el papel, que ya había firmado Gregorio.

—¿Estudia usted literatura latina?

—Sí, estoy comenzando. En Columbia.

El funcionario pareció alegrarse.

—Bien, bien. Yo pasé por Yale.

—Estuve allí hace poco tiempo, de paso.
—¿Todo sigue igual?
—Sí, en su sitio.
Rieron y el de Nueva York, volvió a leer.
—Tiene usted un nombre curioso.
—Mi padre desciende de una familia mexicana. Es texano.
—Ah.
No parecía tener prisa alguna en despedir al visitante.
—¿Quiere que almorcemos juntos?
Charles prefirió aceptar.
—Iremos a mi club.
Salieron de inmediato en el automóvil del funcionario; grande y reluciente.
—Creo que se me olvidó decirle mi nombre.
—Lo vi escrito en la puerta de su despacho.
—De cualquier forma...
Y entregó, mientras manejaba con una mano, su tarjeta de visita.
El club era únicamente para extranjeros, tenía una piscina y también unas canchas de tenis, al fondo.
—¿Trabaja usted para la CIA?
Lo preguntó sin gran interés, un poco molesto por el exceso de oficiosidad. El otro respondió, sonriente:
—Sí; hace años. Me dedico especialmente a proteger a conciudadanos.
Ya estaban sentados a la mesa y servidos por un hombre uniformado de blanco.
—¿La policía chilena es peligrosa?
—Sí, es peligrosa. Temen que nuestra amistad hacia Chile no sea sincera.
—¿Lo es?
—Preferiríamos otro gobierno. Pero la experiencia de Nicaragua...

—¿Y la oposición?

—Ah, la oposición. Verá, es cosa de curas y de católicos. Hay, también, comunistas. Los comunistas se encuentran siempre en América Latina. Pero aquí no son muchos; hicieron una gran matanza de comunistas.

—¿Qué hacen los curas?

—Bueno; hablan en las iglesias y organizan grupos de oposición.

—¿Y usted qué hace?

—Yo observo.

El funcionario comenzó a reír con una alegría contagiosa. Después protestó amablemente.

—Usted pregunta mucho. ¿Trabaja también para la CIA?

Y volvió a reír.

—¿Puedo seguir preguntando?

—Claro, claro. Era una broma.

—¿Convendría, nos convendría, que se muriera el dictador?

—Acaso sí. Pero de muerte natural. Dentro de algún tiempo.

—¿Por qué no ahora?

—Demasiado precipitado. No estamos preparados.

—Hace poco tiempo escuché que la CIA había organizado el asesinato de Francisco Franco, en Madrid. Parece que luego supieron que estaba muy enfermo y suspendieron el proyecto.

—Leí algo sobre eso. Se exagera mucho. Los periódicos; ya sabe.

Estaban en el postre. Gregorio había tomado un whisky y bebido vino chileno. Curiosamente se encontraba contento; había perdido parte de su cautela. El otro pidió que lo llamara por su nombre:

—Mickey; sólo Mickey.

Hablaron de Nueva York y de los restaurantes que Mickey conocía y Charles no.

Después el neoyorquino dio a su invitado algunos consejos.

—Vístase formalmente, como hoy. Con corbata. Aquí esto le garantiza un cierto respeto. No haga muchas preguntas a los nativos, sobre todo si los acaba de conocer. Verán en usted a un espía del norte.

Y volvió a reírse de forma tan contagiosa que llamaba la atención de las otras mesas, muchas de ellas con damas elegantes y señores maduros y reservados. Mickey le dijo que, curiosamente, ciertos aspectos de la cortesía local influían y marcaban a los visitantes.

—Nos contagiamos de la cortesía nacional.

Charles decidió, de pronto, volver a las preguntas directas:

—Dígame, ¿por qué me invitó a almorzar?

Pero Mickey no parecía sorprenderse por nada.

—Bueno, no tenía compromiso y, además, por mi oficio me conviene conocer a los visitantes. Está la ciudad llena de rumores que involucran a los americanos.

—¿Qué rumores?

—Ya sabe; lo de siempre. La policía chilena piensa que jugamos con la baraja de póker y con la baraja española; parece que detectaron un contrabando. Siempre exageran. Me llegan decenas de informes que luego...

—¿A usted?

—Verá, los jefes no pueden leer todas las tonterías que los informantes envían.

Después, ya sin sonreír, advirtió:

—De cualquier forma hay que cuidarse en este país. Cuídese usted. Los americanos no sabemos lo que es una dictadura latina hasta que la sufrimos. Ya hemos tenido problemas con otros estudiantes.

Charles pidió a Mickey que lo dejara en la plaza de la Constitución frente al palacio de la Moneda.

Cuando se bajaba del automóvil, el joven de la CIA, volvió a sonreír.

—Queda usted en un lugar histórico. Aquí terminó la última esperanza roja.

A las seis de la tarde, Jorge que miraba a través de unos visillos, blancos y bordados, la calle de los ceramistas, vio a Charles caminar despacio, con las manos en los bolsillos.

Angélica estaba en su habitación y Jorge no le avisó. Llamó sin embargo por teléfono.

—El amigo americano está aquí.

Dudaban al otro lado de la línea.

—Sí, el americano. El joven de Nueva York. Está aquí, lo estoy viendo desde la ventana. No mira hacia mí, camina muy despacio. ¿Qué hago?

Sobre las mesas de Mickey estaban tres fotografías de Charles húmedas, tomadas hacía muy poco tiempo; se le veía de cuerpo entero, con el palacio de la Moneda al fondo. Dentro de un sobre de papel de Manila guardaba un largo mensaje en teletipo con una descripción de J.J. y también un parte médico y la noticia recogida del *New York Times* de un extraño accidente y el descubrimiento de un joven drogado y muy grave. El joven resultó ser el hijo de un industrial texano conocido. J.J. presentaba ligera conmoción craneana. Se decía que el herido era dueño de un museo de guerra. En otro documento aparecían descritas una serie de armas y un *stock* de municiones.

El hombrecillo canoso, casi a la misma hora, hablaba con Nueva York en un curioso inglés, lleno de dudas y repeticiones

—Sí, perdimos al cliente. Sí, lo perdí. Se fue el cliente. Desapareció. Adiós, adiós, pero lo sigo. Sí, sigo detrás del cliente. Pero se fue, adiós. Voló el cliente. Voló. Volví a la tienda, pero ya no estaba el cliente. Voló con la mercancía. Sí, con toda. Con toda la mercancía.

Gesticulaba desde una cabina, mientras miraba a su alrededor con rapidísimos movimientos de cabeza. Parecía mucho menos seguro que durante su visita al almacén. El hombrecillo colgó el teléfono y salió a la calle. Un hombre alto, bien vestido, de traje claro, comenzó a seguirlo. De pronto, este hombre se quedó inmóvil. Había descubierto que detrás del hombrecillo caminaba un joven. El hombre alto dejó que el joven se alejara unos pasos y siguió tras de él. Formaban una curiosa comitiva; ni el hombrecillo ni el joven miraban hacia atrás. Los tres caminaron durante unos minutos por la calle San Antonio y entraron en Monjitas. El hombrecillo se paró frente a un edificio y subió al primer piso. Era una oficina que tenía clavada en la puerta una placa de metal dorado: «Ramírez y Hermanos. Importaciones.» La misma persona que le había estado esperando cerca del almacén, le abrió la puerta. Estaba pálido, tomó de la manga al hombrecillo y le llevó, nerviosamente, a un balcón abierto. Empujándole le hizo asomar ligeramente la cabeza a la calle.

—Eres idiota. Traes cola. Te siguen dos tipos. Y a uno lo conozco, trabaja para la CIA, aquí, en Santiago.

El hombrecillo se llevó las manos a la cara y se retiró violentamente.

—Vámonos, vámonos.

Abrió un armario y se metió en los bolsillos dos sobres abultados.

Su compañero seguía espiando desde el balcón.

Abrieron la puerta y se encontraron frente al joven, que disparó solamente dos veces, casi apoyando el revólver sobre la frente de cada uno.

Después el joven comenzó a bajar las escaleras, corriendo. En el portal tropezó con el hombre alto y éste cayó de espaldas. El joven salió a la calle y desapareció.

El profesor de inglés recibió la noticia en su habitación convertida en biblioteca.

—Los dos proveedores se despidieron. Para siempre.

—Muy bien. Que tengan buen viaje.

—Mañana, en Madrid.

—Adiós.

Y colgó el teléfono.

Agotado, Gregorio Charles llegó al hotel. Había sido un día largo y caluroso, un día inútil. Otra vez inútil. Se desnudó totalmente y se tumbó sobre la cama. Algo le inquietaba y no sabía establecer con claridad la razón de su nerviosismo. Acaso el rostro sonriente de un Mickey que se confesaba agente de la CIA y daba consejos sobre la forma de comportarse socialmente en Santiago de Chile. A las dos de la madrugada el teléfono lo despertó.

—Sal a la calle y cuando pase un taxi lo tomas.

Le hablaron en inglés pero reconoció fácilmente la voz. Le hablaba Angélica. Un taxi que estaba parado en la esquina se puso en marcha apenas él salió del hotel. Subió en silencio y en silencio lo llevaron hasta una calle desconocida. El taxista, con un gesto, le pidió que bajara. Estuvo esperando hasta que un automóvil, pequeño, negro, lo recogió.

Veinte minutos después estaba con Angélica, en un primer piso de la calle de los Ceramistas.

—Hay que imaginarse una fruta que naciera y creciera pensando en una sola boca, gozándose de ser comida y disfrutada, incapaz de entregarse a otras bocas indiferentes u hostiles; que todo su placer fuera el de ir desapareciendo entre los labios amados. Hay que imaginarse algo así, tan loco y fuera de sentido, para entender esta alegría mía.

—¿Lo entiendes?

Pero no era necesario entender, ni tan siquiera expresarse; porque es lo cierto que nada se decían y que toda consideración, más o menos literaria, salía del propio adivinador que se evadía de sí mismo para hacerse su enamorado oponente, su ansiado complemento.

—¿Lo entiendes?

Y él y ella asentían sin que el afirmar tuviera otro sentido que el de licuarse en una sola unidad perdida en el goce absoluto.

—¿Lo entiendes?

Y no era necesario entenderse, sino gozarse.

Y al final:

—No te quiero entender, no te quiero entender.

Que era tanto como negarse a entenderse a sí mismo.

¿O acaso no era esto?

Al otro lado de la pared los miembros de Pálidas Banderas hablaban en voz baja y decían que Gregorio Charles era «un incidente distorsionador.» Jorge establecía el «nuevo mapa físico» de la operación Pálidas Banderas: por razones no aclaradas, el proveedor J.J. parecía dispuesto a traicionarlos. Dos de sus hombres habían estado investigando, sabían demasiado, conocían al contacto y podían acercar a la policía al grupo. Estos dos hombres ya estaban fuera de toda acción. Gregorio Charles, quien conocía las intenciones y organización del grupo, no sólo aparecía de pronto en Santiago de Chile, sino que estaba vigilado por un hombre de la Embajada Norteamericana.

Y mientras tanto el dictador continuaba sin mostrarse abiertamente, sin ofrecer el alto índice de vulnerabilidad que los ejecutores necesitaban. Pasaba el tiempo y los enemigos de la violencia podían estar volviéndose violentos.

Entrando en niveles de violencia no absolutamente necesarios.

Aún cuando los diarios no lo dijeran, Jorge ya sabía que el desconocido compañero que había ejecutado a los hombres de J.J. se encontraba en Madrid, y el revólver enterrado en un apacible jardín, bajo unos rosales.

Antonio planteaba abiertamente la pregunta:

—¿Qué hacemos con el norteamericano?

Y en la cama: ¿Qué hago contigo?

Angélica lo acariciaba, le pasaba las manos por los ojos, le alisaba el cabello, lo miraba desde tan cerca que la imagen se volvía todo un mundo borroso, sin límites; un mundo en el que ella entraba y se hundía, envuelta en un desesperado fervor. Antonio, al otro lado de la pared, preguntaba:

—¿Qué hacemos con él?

—¿Qué hago contigo?

Y Charles se dejaba llevar por el momento, como quien se abandona en el suave y cálido descender de un río.

—Nada, no hagas nada.

Y Jorge: No más violencia; no absolutamente necesaria.

Y ella: «No puedes venir con nosotros, tú eres un extranjero.»

Y Jorge: En el momento de la acción lo dejaremos aquí. Si las cosas salen mal, que se vuelva a su país.

—¿Y si salen bien?
—Entonces Angélica y él se irán juntos.
—Dime, Angélica.
—¿Sí?
—Dime.
—¿Qué?

Pero abandonaba la pregunta para volver al amor tanto tiempo retenido, mientras al otro lado de la pared los jóvenes establecían el «mapa físico de la situación.»

Las dos mujeres del grupo estaban sentadas en un diván largo, recubierto por una tela estampada. Dentro del respaldo del diván se escondían las armas. Por la calle, casi sin meter ruido, pasaba un automóvil largo, de color azul, muy nuevo.

—Tenemos que salir, mis compañeros están esperando para hacerte unas preguntas.

—Aún no.

Y ella reía.

Aparecieron en la sala un poco avergonzados, él vestido apresuradamente y ella alisándose el pelo. Angélica no se atrevía a mirar a sus compañeros, desarrugaba una falda clara, se quitó un zapato y se lo volvió a poner. Charles intentaba sonreír ante los ojos que lo miraban sin cordialidad. Buscó la mirada de Jorge como una solución y sonrió al fin pálidamente. Jorge pidió que se sentaran; no hizo presentaciones. Quería saber en qué vuelo había llegado, con quién había estado hablando, si había hecho llamadas a Nueva York, Charles negaba o afirmaba; daba la noticia escueta. Se habían situado en dos sillas muy cercanas, pero la mano de Angélica, que seguía moviéndose sobre la falda, estaba muy lejos, no podía servir de apoyo y consuelo.

Entonces Gregorio Charles comenzó a contar la historia de cómo J.J. mantenía drogado y encadenado a John.

—Cuando lo sacamos de aquel lugar John casi no se podía mover, estaba muy pálido. J.J. llevaba en el bolsillo el candado con la llave. Entonces yo golpeé a J.J. en la cabeza, con mi bota.

—¿Lo mataste?

Jorge parecía asombrado. Angélica se había dejado de mover y ahora estaba tensa, muy crispada.

Jorge pareció desilusionarse.

—¿Qué hiciste, después?

—Nada, me fui.

Y Gregorio dijo algo en un inglés mascullado.

—¿Qué dice?

Angélica volvió a sonreír: Nada; dice que J.J. era un bastardo.

Después contó su reunión y la comida con Mickey. La tensión del grupo se manifestó en una serie de movimientos crujientes; la habitación parecía haberse electrificado; la propia Angélica lo miraba inquieta.

—¿Dijo Mickey que era de la CIA?

—Sí, lo dijo.

—¿Qué más le dijo?

—Que usara corbata.

Angélica se levantó, fue hacia Charles y lo besó en una mejilla.

Él la contemplaba, asombrado.

—¿Sabe usted que un hombre lo siguió desde el momento en que el tal Mickey lo dejó frente al Palacio de la Moneda?

—¿Cómo?

Charles miró a Angélica que había vuelto a su silla y le preguntó en inglés si era cierto.

—Sí, había un fulano esperándote frente al Palacio. Te siguió hasta el hotel. A la una de la noche se fue y entonces nosotros enviamos por ti.

—¿Quién era?

—Un hombre de la CIA. Un colaborador chileno; nosotros lo conocemos bien.

Y miró a Jorge para que éste afirmara: «Sí, muy bien.»

Antonio intervino: «Ahora sabemos quién lo envió. Su amigo Mickey.»

—No es mi amigo.

Y Gregorio habló, por primera vez, elevando la voz, muy firme, casi agresivo.

Tres hombres discretos, fuertes, norteamericanos, se movieron por todo el hotel haciendo preguntas en voz baja. Buscaban al joven alto, vestido formalmente, que había llegado hacía muy pocos días. Entraron en su cuarto, pero no encontraron sino ropa. Ni un solo papel. Ni un documento. Un mozo del hotel les dijo, únicamente, que lo había visto salir a la calle, que había estado a punto de advertirle que era peligroso salir a esas horas.

Los tres hombres se fueron, dejando tras de sí la sensación de que el joven norteamericano era un personaje peligroso.

—No tenía ese aspecto.

Más tarde llegó una señorita, dijo que venía de la Embajada de los Estados Unidos, pagó la factura del cuarto y se llevó en una maleta todo lo que Charles había dejado.

En la noche apareció la policía chilena. La habitación de Charles ya estaba ocupada por otro cliente, a pesar de ello entraron, buscaron, espantaron a un ingeniero argentino, se fueron.

El profesor de inglés habló, durante ese día, tres veces con la casa de la calle Ceramistas. En la noche dio instrucciones muy precisas:

—Que la familia siga reunida. El amigo Mickey se está moviendo muy rápidamente.

El amigo Mickey, efectivamente, había ya establecido una línea de relación muy clara entre un vendedor de armas en Nueva York, dos hombres muertos en una agencia de exportaciones, un joven de Nuevo México de visita en Chile y los rumores de un atentado contra el dictador.

El amigo Mickey había mantenido una reunión con otros tres hombres y establecido un sistema de búsqueda del compatriota desaparecido. En mangas de camisa, sin la apreciada corbata, aclaraba a sus oyentes, los tres hombres discretos del hotel.

—La presencia norteamericana en este asunto, es lo que nos impide denunciar la historia al señor ministro chileno. Hay demasiados compatriotas en el asunto. La labor principal, entonces, es borrar huellas. El tipo de Nueva York, ese J.J., se borrará por sí solo. Necesitamos encontrar al joven Lewis, sacarlo del país y olvidarlo. Después esperaremos para ver si los rumores son sólo rumores.

Los tres hombres asentían.

Establecieron tres posibilidades.

Que Lewis se hubiera reunido con los conspiradores.

Que Lewis hubiera sido raptado por los conspiradores.

Que Lewis hubiera sido asesinado por los hombres de J.J.

Y después: «¿Qué significado tiene Gregorio Charles Lewis González Cortez en todo este asunto?»

El amigo Mickey repetía: «¿Qué significado?»

Los tres hombres discretos lo miraban sin responder.

El amigo Mickey se levantó, sirvió cuatro vasos y dijo:

—Muy bien, muy bien. Ya nos estábamos aburriendo en Santiago de Chile. Pero si al general lo matan con la complicidad de un estudiante norteamericano, en Washington van a pensar que soy idiota. Salgan y búsquenlo.

Se bebieron el whisky sin grandes prisas; era ya de noche y el despacho en la Embajada estaba iluminado con una luz muy blanca y dura. La camisa del amigo Mickey parecía fosforescente. Fue hacia una pared y desplazó un panel oscuro, detrás había un gran mapa de la ciudad de Santiago. Sus gentes se colocaron a sus espaldas, en silencio.

—Los conspiradores habrán buscado una zona tranquila, lejos de los abundantes policías del centro. Cierto barrio al que llegaron uno por uno, entrando en una casa alquilada hace tiempo, y en la que tienen no sólo las armas, sino también provisiones para meses. Es posible que incluso salgan a pasear de dos en dos, como gentes normales, como ciudadanos tranquilos. Yo diría que en el norte habremos de buscar por Conchali, en el sur por San Miguel, al Oeste por Quinta Normal y al este por La Reina. Y si yo fuera el que hubiera elegido el santuario, me habría ido a La Reina.

Uno de los tres hombres habló por vez primera.

—¿Por qué a La Reina?

Y el amigo Mickey, riéndose alegremente, respondió que no había razón alguna. Pero que estaban en el mundo de los latinos, y los latinos nunca hacían las cosas por una razón clara.

Después dio la mano a sus tres hombres y dijo, sin perder la sonrisa:

—Llevo tanto tiempo aquí, que ya comienzo a pensar como ellos.

Para añadir, inmediatamente:

—Es decir, hago las cosas sin pensar.

Y volvió a reír de tal forma que los otros tres hombres sonrieron condescendientes y amables.

Después habló con Albuquerque, Nuevo México, y pidió datos sobre Lewis González Cortez, G. CH estudiante, hijo de militar y extranjera. Quería saber, sobre todo, sus aficiones y amistades. Información a título de «cercana a la confidencia.» O.K. Pasó luego a un salón cercano, los hombres ya se habían ido, y fue a sentarse ante una larga mesa, en la que habían colocado muy cuidadosamente todas las pertenencias de Charles. En un extremo de la mesa estaban la maleta, prácticamente destruida. El amigo Mickey no tocó nada, estuvo mirando aquel cuidado desorden durante un largo rato.

Después encendió un pitillo, se reclinó en la silla y cerró los ojos.

Un instante después había cambiado de opinión: «haré que me traigan inmediatamente al tal J.J.»

El profesor de inglés llegó a la casa de los Ceramistas muy temprano, traía bajo el brazo una carpeta de cartón con muchos papeles. Llegó caminando, después de haber abandonado bastante lejos un autocar. Lo vieron venir, desde la ventana, tras de los visillos blancos, y tenían ya la puerta abierta. Antonio continuó vigilando la calle durante algunos minutos más. Estaba vacía. El profesor de inglés miraba a Charles muy atentamente, sin soltar aún su carpeta. Era un hombre alto, de unos cincuenta años, vestido muy conservadoramente. Usaba gafas con los aros de material oscuro y ancho. Llevaba los zapatos sucios, pero el traje era pulcro y la camisa muy limpia. Usaba una corbata de un color café, sin dibujos.

—Ha comprometido usted todo nuestro proyecto.

Después miró a Angélica, que se había retirado algo y parecía dispuesta a soportar una riña.

—La culpa fue, también, tuya.

Angélica aceptaba, con la cabeza.

Después preguntó a Charles si quería que le hablara en inglés.

—No, no es necesario.

—Lo que vamos a hacer no es una aventura.

El grupo entero lo rodeaba, en pie. Antonio ya había abandonado la ventana.

—Es una labor de higiene social. ¿Entiende usted eso?

—Sí.

—Si aceptamos un extranjero en el grupo llegará a descubrirse y pareceremos aventureros. Sólo la aventura podría atraer a un gringo a nuestro grupo. ¿Le molesta que le llame gringo?

—No, señor.

Angélica advirtió, satisfecha, que Gregorio había añadido la palabra señor.

De pronto el profesor de inglés, pareció desentenderse de Charles, miró a sus discípulos y dijo que el momento parecía haber llegado.

—El hombre va a inaugurar una escuela. Tendremos que actuar antes de que llegue al lugar, que estará lleno de niños. Han señalado ya dos posibles itinerarios y tomarán uno de los dos en una decisión de última hora. Conozco cada uno de los dos itinerarios; y he elegido dos lugares para llevar a cabo la acción. Tenemos dos disyuntivas, transformar todos nuestros planes y dividirnos en dos grupos o continuar la idea inicial y esperar que la suerte nos acompañe y pase el hombre por el lugar que elegimos.

Volvió a mirar a Charles.

—En cuanto a usted, se quedará aquí. No se moverá

de esta casa. Tanto si fracasamos como si triunfamos, usted volverá a su país. No quisiéramos tener que sujetarle a la fuerza en esta casa.

Angélica se adelantó:

—Profesor.

—No.

Después se sentaron alrededor de una mesa y discutieron cuál de las dos opciones era la más adecuada. A Charles le permitieron seguir presente, pero sentado en el sofá que guardaba las armas. Decidieron no separarse. Fueron las tres mujeres quienes resultaron decisivas en el momento de votar.

—Todos juntos; como siempre.

El profesor de inglés se quitó las gafas, las limpió con la corbata y dijo que el estaría junto a ellos. Esto produjo una nueva discusión; no querían que los acompañara.

—Usted no sabe ni manejar una pistola.

—Yo estaré con ustedes.

Hizo un plano del lugar y fue señalando a cada uno su tarea como si se tratara de prepararlos para un examen.

Jorge preguntó:

—Cuándo se producirá la acción?

—Mañana. A las doce del día.

Gregorio Charles miró a la cara de los miembros de Pálidas Banderas y se sorprendió: todos estaban sonriendo.

Dentro de algún tiempo, yo escribiré la historia de Pálidas Banderas y cuidaré de reflejar con todo cuidado este momento tan bello y delicado; con las siete personas, alrededor de la mesa, sonriéndose entre sí, hermanándose en un proyecto que parecía estar ausente de toda violencia. Esa sonrisa liberadora de tensiones y de esperas, era también, para todos ellos, un símbolo de esperanza, el anuncio de que una época llegaba a su fin, del último suspiro de la tiranía. Sonreían y se cambiaban entre sí las sonrisas, satisfechos de encontrar respuestas a su angustia liberada ya. Apenas sí se movían, casi inmóviles, alrededor de la mesa de madera; iluminados por una luz clara que atravesaba los blancos visillos bordados, conformando una estampa de ilusionado recogimiento, como mensajeros de una paz prometida que tendría que llegar atravesando un breve tiempo de rápidos estruendos, de sangre derramada, de alegre violencia irremediable.

Los miraba yo desde el sillón, como el espectador privilegiado de un acto secreto y puro; de un momento ejemplar en la historia de siete vidas entregadas a una misión redentora. Mi mundo, tan cerrado hacía tan sólo muy pocas semanas, se abría al nuevo misterio y era invadido por una emoción de comprensión difícil, pero de una fuerza ejemplar. Estaba dejándome llevar por el misterio y sentía que el dudoso camino emprendido desde mi hogar hasta la universidad de Nueva York, empezaba a adquirir un diseño comprensible, una razón que el propio caminante ignoraba; razón que, sin embargo, aún resultaba opaca, como oscurecida frente a gestos tan iluminados como el que me era dado contemplar ahora. Era yo un extraño al rito de las sonrisas, pero no un hombre ajeno y, sobre todo, recibía, de una forma pura y muy directa, el especial mensaje de una cierta sonrisa, no perdida en el grupo, sino muy señalada por mi propia mirada. Angélica volvió sin prisa su rostro y dejó que la viera, viéndome.

El teletipo anunció al amigo Mickey que J.J. ya había sido localizado y persuadido para que viajara, acompañado de un agente, hacia Santiago de Chile. «Se estableció un acuerdo de mutua colaboración, comprometiéndose por su parte a la identificación de dos o más de los implicados.» El amigo Mickey pensó que la Oficina tendría que olvidar que las armas, ahora en Santiago, habían sido robadas de un almacén del ejército en los Estados Unidos. Los tratos entre caballeros conllevan ciertas obligaciones fastidiosas, se dijo. La inauguración de la escuela le preocupaba.

—Si yo quisiera terminar con el hombre, elegiría este día.

Pensaba el amigo Mickey que a una escuela no se puede acudir rodeado de un sistema de defensa demasiado visible y espectacular. A los niños hay que ofrecerles una imagen más dulce y clara del momento en que el país vive.

—Tendrá que dejar parte de su escolta en los cuarteles.

Antes de salir de su casa, una mansión por dentro y una casa discreta vista desde la calle, había discutido el asunto con su esposa. La esposa del amigo Mickey se llamaba Lena, era alta, hija de un general, rubia, nacida en Boston.

—Atacarán mañana.

Lena pensaba que su marido elegía siempre el camino más sinuoso.

—Avisa a la policía local.

Y después, con un gesto burlón: O deja que maten al hombre.

El amigo Mickey dijo que no podía hacer ninguna de las dos cosas.

—No; mientras lo maten con armas compradas en América y con un americano dentro del grupo.

Gregorio fue testigo un poco asombrado de cómo las armas eran sacadas, con cuidado, casi amorosamente, del gran sofá y colocadas en el suelo, una tras otra.

Cada miembro del grupo tenía, no sólo el arma que se le había asignado, sino también toda una caracterización muy cuidada. Angélica era la joven madre que volvía a esperar un hijo. El carrito del supuesto niño apareció procedente de un sótano. Angélica se probó una faja con una almohadilla. Jorge llevaba un arma larga dentro de un estuche de terciopelo morado; parecía un músico. Las mujeres metieron los grandes revólveres dentro de bolsas veraniegas. Se contemplaban los unos a los otros y en ocasiones indicaban cómo caminar, cómo moverse. Semejaban un grupo de actores ensayando. En ningún momento se refirieron a la tarea que iban a llevar a cabo. El profesor señaló únicamente:

—La sección primera disparará sobre el motor y las ruedas del automóvil, la segunda sobre los ocupantes del vehículo, la tercera eliminará a quienes pretendan intervenir.

Angélica tenía que sacar su lanzagranadas y procurar que la primera y única, estallara dentro del automóvil. Nadie hizo preguntas.

Después el profesor se volvió hacia Charles y le dijo que todos los que resultaran ilesos se volverían a reunir en esta misma casa.

—Si nadie vuelve, usted queda en libertad para elegir su camino.

Charles aceptaba, afirmando con la cabeza.

—¿De acuerdo?

—Sí, señor.

—No me diga señor.

—Sí.

—Tenemos aún una media hora. Descansen.

J.J. hubo de esperar a que bajaran todos los pasajeros. El hombre que le acompañaba le había puesto una mano sobre la rodilla, pidiéndole paciencia. J.J. llevaba puesto un sombrero de fieltro que no se quitó durante todo el viaje. Otros dos hombres los esperaban dentro de un automóvil, nuevo, azul. Uno de ellos era el amigo Mickey. Cuando el avión aterrizó faltaban solamente cuatro horas para que se inaugurara la escuela.

Todas las puertas se abrieron al mismo tiempo y desembocaron en la sala los miembros de Pálidas Banderas; serios, como acudiendo a una orden nunca formulada, como si hubieran estado esperando ese momento, despiertos, durante toda la noche. Se saludaron entre sí con gestos mudos, las dos parejas llegaban muy unidas entre sí, como amparándose. Angélica se había puesto una ropa conservadora, oscura, llevaba el vientre algo abultado. El profesor de inglés los observaba uno por uno, sin un gesto, aprobando con su silencio el aspecto de su aparentemente serena tropa. Charles los miraba desde el quicio del dormitorio que había compartido con Angélica; parecía que no tenía derecho alguno a entrar en la sala, ahora armería y punto de reunión. Pistolas y armas de alto poder estaban sobre la mesa, relucientes bajo la luz fuerte de la mañana, oliendo a aceite, algunas cubiertas aún por paños húmedos. El profesor de inglés se guardó en un bolsillo una pistola automática pequeña. Charles pensó que era un arma propia para suicidarse. El acto tenía ese realismo tomado de un film falso y pretencioso, de una puesta en escena dirigida por un profesional inepto. Un estiramiento excesivo, una absoluta falta de movimientos elásticos, de gestos fortuitos, confería a la escena un tono de guiñol solemne. Angélica se acercó a la mesa y tomó su arma; la manejó con las dos manos al mismo tiempo, apretándola con vigor, sin miedo a aceitarse las manos. Ella parecía ser, por su disposición dentro del grupo de ataque, la que más posibilidades tenía de acabar con el hombre. Durante la noche él había querido hablar de eso; ella se negaba.

Él había dicho: cuando todo pase vamos a tener un hijo.

Ella aceptaba, en silencio.

—Y viviremos en Nueva York.

Ella aceptaba.

—Y olvidaremos todo esto.

—No, no lo podremos olvidar.

Habían mencionado la técnica para escapar.

—Cuando el hombre haya muerto, tiraremos las armas y procuraremos huir, escabuyéndonos. Habrá mucho desconcierto. Procuraremos reunirnos aquí.

Por primera vez, desde que se conocieron, no hicieron esa noche el amor.

—No lo podremos olvidar.

Sobre el hombre dispararían tres personas, al mismo tiempo.

—Así no sabremos exactamente quién terminó con su vida.

—Vamos a tener un hijo.

En la oscuridad de la alcoba, él adivinó que ella sonreía.

Los niños habían sido uniformados con pantalón blanco y una camisa azul, sin mangas. Eran decenas y decenas de muchachos y jovencitas que salían de las filas, se llamaban a gritos los unos a los otros, pedían permiso para ir al baño, recordaban algo olvidado en casa. En el patio central de la escuela las formaciones de alumnos sufrían ondulaciones, se reajustaban después, se producían súbitos desfallecimientos cuando grupos enteros se sentaban sobre el piso de asfalto caliente. Los maestros se movían a gritos, reordenaban las filas, movían con furia reprimida el brazo de algún joven reacio a obedecer, lanzaban miradas de amenaza para más tarde, hablaban entre sí. Se quejaban, sobre todo, de que en estos casos la comodidad de los alumnos no fuera tenida en cuenta. Las maestras mantenían el orden entre las niñas con más eficacia, sin tanto gesto desabrido. En el centro del patio habían alzado la tribuna y sobre otro estrado estaban las sillas de la banda de música, con los instrumentos ya apoyados en ellas o en el suelo. Los músicos se habían reunido en la sombra. Hombres mal vestidos, fuertes, bajos, se movían perezosamente, abrían puertas y miraban en las aulas, observaban con fijeza a los maestros que se sentían escrutados. Una maestra jovencita se desmayó y fue llevada a la dirección, uno de los hombres oscuros y cejijuntos siguió tras el grupo que la transportaba y se quedó en el despacho inmóvil. De un automóvil pequeño salieron dos muchachos cargados con banderas chilenas de papel, y comenzaron a repartirlas entre los escolares. Las filas volvieron a romperse una vez más.

El amigo Mickey había llegado a un nuevo acuerdo; un grupo de agentes del dictador colaborarían con J.J., en la identificación y eliminación del grupo terrorista, si éste llegaba a aparecer. En el caso de que el atentado no se produjera *mister* J.J. saldría hacia Nueva York sin problemas.

No permitieron a J.J. ni entrar a lavarse las manos en un retrete; desde el automóvil se comunicaban con otros tres vehículos constantemente. Junto a J.J., se sentaba el amigo Mickey.

—Su labor es muy sencilla, según vaya reconociendo a los miembros del grupo nos los señala, indicando, no con el dedo, sino describiendo cómo van vestidos. Usted, por ejemplo, dice que uno de ellos es el joven de camisa azul y pantalón blanco que lleva en la mano una bolsa color café. Yo traduciré sus indicaciones al español. ¿Está claro?

J.J., asentía. De cuando en cuando se llevaba una mano a la nuca y se acariciaba despacio.

El coche azul, nuevo, recorría las calles haciendo grandes círculos y señalando constantemente su posición.

J.J. iba sentado junto a la ventanilla izquierda posterior. Rodaban suavemente, despacio. Detrás de ellos venía un automóvil negro, grande.

Gregorio Charles no pudo besar a Angélica, cuando ésta salió, la primera, a la calle. Ella le hizo un guiño y comenzó a empujar su cochecito hacia la puerta. Después fueron saliendo todos los demás, despacio, también sin despedirse.

El profesor de inglés fue el último; llevaba bajo el brazo su carpeta repleta de papeles. Cerró la puerta tras de sí, sin ruido. No miró al norteamericano, que se quedaba, solo, en el centro del cuarto, junto al sofá descuartizado.

En el suelo habían quedado algunas armas.

La escuela está situada muy cerca del cerro de Santa Lucía, vecina del Museo de Arte Popular. Ya hace semanas que funciona, pero hoy será la inauguración oficial. Todas las banderas de papel han sido repartidas, un vientecillo agradable mueve los colores y agita la escena, poniendo un nerviosismo risueño en el gran patio.

Gregorio ha tomado uno de los grandes revólveres y comprueba que está cargado, es un arma extremadamente pesada, las seis balas están relucientes, brillantes, como pequeñas esculturas agradables que se agitan en la mano, repiqueteando entre sí. Coloca ahora el revólver, después de haber puesto, de nuevo, las seis balas en su sitio, sobre la mesa. Y se viste con su único traje y se pone, con cierto trabajo, la corbata y cuida el nudo atentamente, hasta el punto de crearlo dos veces. Después se alisa el pelo con la mano, va hacia la mesa, toma el revólver y lo coloca debajo de la camisa, apretado contra el cuerpo por el cinturón de piel negra. Siente el frío del metal y se yergue para que el revólver se ajuste a la cintura. Después se abotona la chaqueta y vuelve a situar el nudo de la corbata en una posición irreprochable.

Ha dejado de mirarse al espejo, va hacia la calle.

Un hombre mayor, de pelo muy canoso, se ha bajado del taxi y ayuda a Angélica a colocar sobre la calle el cochecito de niño. Después el taxi arranca. El taxista no ha cobrado. Angélica comienza a caminar despacio, con un cierto aire de cansancio. La capota del cochecito está muy baja y las mantas cubren totalmente al supuesto niño. Al llegar a la esquina, bajo un sol muy agradable, Angélica se para y parece aguardar algo. Es una estampa de joven madre que está esperando que el tiempo pase. Dentro de una hora será medio día, justo el momento de volver a casa y reunirse con el marido para comer.

Y en ese instante J.J. comienza a describir a la mujer que está inmóvil, en la esquina, junto al coche de niño. El amigo Mickey va traduciendo al español: «Mujer joven, vestida de oscuro, pelo rubio, con un carro de niño, con capota, negro.» El automóvil azul frena, pero nadie se baja. También el coche negro se ha detenido.

—Hombre joven, pelo claro, chamarra color café, lleva en la mano una funda color morada, larga.

J.J. mira ansiosamente, buscando nuevos rostros identificables, esforzándose por recordar el aspecto de los jóvenes latinos que iban a entregar los libros a la casa convertida en Museo, en Nueva York.

El amigo Mickey lo apremia.

—Aquel hombre maduro, el vestido de gris. ¿No será?

—No, no. Nunca lo he visto.

—¿Y aquél? (le señaló al que lleva la maleta). ¿Nunca ha visto a ese hombre?

—No, no. Nunca lo he visto.

Ahora aparece un hombre, trae en la mano una carpeta de cartón. Camina excesivamente despacio.

El amigo Mickey escucha, por el radio, en español, una voz que advierte que conocen al recién llegado.

—Sospechoso (repite la voz). Sospechoso.

Y otra voz añade: «Calma, todo el mundo quieto. No se pierda de vista a los sospechosos. Todo el mundo quieto, repito.»

El amigo Mickey toma el micrófono:

—¿Comandante?

—Sí, le oigo.

—Bien, creo que ya hemos cumplido con nuestra parte.

—Sí, muy bien.

—Nos retiramos. Lo que ocurra de ahora en adelante ya no es nuestro problema.

—Cierto.

—Entonces, adiós.

—Adiós, y gracias.

El amigo Mickey se baja del automóvil azul. Habla por la ventanilla al conductor.

—Lleve al señor al aeropuerto. Debe tomar el primer aparato que lo saque del país.

Después mira hacia el otro hombre, un tipo fuerte, callado.

—Ustedes dos son responsables de que abandone Chile, hoy mismo.

Y golpea, alegremente, sobre el techo del automóvil, con la mano abierta.

J.J. se hunde en el asiento y se quita, por vez primera, el sombrero de fieltro oscuro. Sobre la parte posterior de la cabeza tiene una venda blanca, acolchada.

Angélica, Jorge y el profesor de inglés, están muy cerca entre sí. La calle, en esa esquina, se estrecha ligeramente.

Ninguno de los tres advierte cómo el automóvil azul arranca y desaparece.

Escribir como se piensa, pensar escribiendo; sin ningún intermediario, ni máquinas, ni plumas, ni magnetófonos. Ir pensando y, al mismo tiempo, que el pensamiento se imprima y permanezca, se quede para siempre de alguna forma impreso. Este taxi me lleva al lugar de la cita, en la mano llevo el mapa que dejó abandonado el profesor de inglés. Voy en busca de Angélica. Debiera sentir, tal y como se dice, los latidos de mi corazón. No es cierto, nada siento. Acaso una sequedad en la garganta. Sólo eso. Y el dolor, poco importante, que me produce este enorme revólver al apretar mi carne. No sé muy claramente a qué voy; ellos dirían que a estorbar. Es posible, pero no me puedo quedar esperando. No me puedo quedar en la casa, otra vez, aguardando. Inútilmente aguardando.

El taxi de Charles se está cruzando con un automóvil azul y los rostros de J.J. y de Charles se enfrentan, ventanilla contra ventanilla, en una mirada entre asombrada, sorprendida, furiosa. J.J. sufre una sacudida, parece sufrir un dolor intenso. Ve cómo el taxi sale de su vista, curiosa ilusión, y decide guardar silencio. El automóvil continúa su camino hacia el aeropuerto. El taxi se dirige a la esquina en donde el grupo de Pálidas Banderas espera al hombre. Charles ha sentido un sobresalto, un latigazo medular, un grito audible, un espasmo. El rostro de J.J., mirándole a través de los dos cristales, es una señal de peligro, una luz roja que destella. Toda la aparente calma se ha quebrado, a la garganta le van sabores agrios, el cañón del revólver se le hunde en el bajo vientre. Todo lo que ahora piensa, pero no dice, es «De prisa, de prisa.» Y luego mira hacia atrás, para ver si el automóvil azul le sigue. Pero el taxi avanza por una calle solitaria en ese momento. «De prisa, de prisa.» Y envía, angustiosamente, este mensaje al taxista que avanza, ahora parece que lentamente.

Los músicos, fastidiados, van ocupando sus lugares bajo el sol. Los hombres bajos, mal vestidos, los observan y los músicos sienten sobre ellos esta vigilancia torva. Los niños están ya tan agotados, que las banderas han dejado de moverse y ellos se agrupan, apoyándose los unos en los otros, hablando desmayadamente. Los maestros miran sus relojes: esperemos que el hombre llegue sin mucho retraso. La maestra que se había desmayado vuelve al patio, el rostro muy pálido, hablando con otra compañera que la toma del codo y parece dirigirla.

Angélica está paseando por la zona soleada, su carrito. Camina sin prisa, mientras el hombre del estuche morado se alejó mucho y el profesor de inglés entra en un establecimiento en donde venden refrescos. La calle es de una sola dirección y unos automóviles que se habían estacionado algo lejos, ya no están. De cuando en cuando ve a sus otros compañeros que aparecen y se van, que surgen como para mostrarse y señalar su presencia. Las dos mujeres han pasado ya dos veces ante ella. Una lleva un gran bolso y la otra parece ir de compras. Angélica es la única que se mueve en un breve espacio, caminando sin prisa, con un cierto aire de aburrimiento.

Cuando alguna persona ha intentado mirar al niño que se supone lleva en el carrito, Angélica, sin angustia, ha llevado un dedo a los labios, indicando silencio. Esto despertó siempre una sonrisa de entendimiento y simpatía. Angélica, con el pelo suelto el rostro pálido, es una madre joven y digna de una cierta compasión.

Los vecinos de los primeros pisos de las casas que se asoman a la esquina, han visto entrar, agresivamente, empujando, casi sin hablar, a estos policías sin uniforme, que llevan armas largas envueltas en gabardinas, abrigos y periódicos. Los primeros abrieron las puertas a empujones, llevaron a las familias hasta el fondo de las casas y fueron dejando entrar a un verdadero ejército que fue llegando poco a poco, aparentemente tranquilos, hasta encontrarse ya en el portal; entonces rápidos, feroces. Desde las ventanas, arrodillados sobre el suelo, apuntan sus armas sobre todos los que pasan por el lugar. Carmen, la joven viuda; que lleva en la mano una bolsa de plástico con la marca de una tienda de comestibles, aparece ahora frente a la acera en la que está Angélica, mira rápidamente y sigue su camino sin prisa; pero choca contra un hombre joven, muy fuerte; de tez oscura. El hombre mira a los ojos a Carmen y dice apretadamente: «Abandone la zona pronto. Abandone la zona.» Y casi la empuja. Carmen descubre que la operación ha sido traicionada. Mira hacia Angélica, intenta enviarle un mensaje, pero el hombre la empuja de nuevo; por la espalda. Desde las ventanas se comunican con voces urgentes, apagadas, muy nerviosas, a través de los teléfonos portátiles, los hombres armados. Los mensajes anuncian la cercanía del automóvil clave. Una voz advierte que «ya no hay tiempo para cambiar nada.» Otra voz pide, repite, detengan o destruyan, detengan o destruyan. Los hombres miran hacia la calle, sujetando con fuerza las armas, poniendo en cada una de ellas un fervor loco, una gran impaciencia, un temblor que es sometido y aferrado por esas manos anchas, duras, de una violenta actividad ahora sometida. En el fondo de las casas los vecinos se apretujan; vigilados, se dejan presionar por las miradas frías de los guardianes armados, sienten el reloj común de todos los corazones, conocen, de súbito, la calidad pétrea de la dictadura, acogen entre sus brazos a los niños, adelantan unos centímetros el pecho los varones, susurra el grupo y es acallado por una sola mirada que viene de muy lejos, de los helados tiempos de las pesadillas infantiles. En el fondo de las casas, en los cuartos sin luz o con ventanas a un patio turbio y silenciado, los vecinos descubren la razón profunda de quienes pretenden matar al dictador.

Angélica acaba de advertir el gesto de su compañera, lo acaba de intuir, recibe el mensaje, descubre el peligro y se vuelve, sin soltar la manija del cochecito y grita a Jorge algo que él, a su vez, recibe de inmediato, como transmitido a través de una línea electrónica, invisible, dolorosa. Y los compañeros de Pálidas Banderas, aparecen surgiendo de portales, tiendas, sitios hasta este momento no advertidos.

Y estalla la calle en estruendos, carreras, caídas. Una trampa se acaba de abrir y por ella se hunde la aparente paz, la calma soleada; los pasos tranquilos. Saltan los cristales de las ventanas, atravesados por los cañones de rifles y pistolas y sobre la calle brillan y chasquean. Y Angélica, que ya tiene en sus manos el arma, grande, pesada, se derrumba sobre el coche infantil y éste comienza a moverse suavemente, llevándola consigo atravesada, con los brazos caídos y al arma trastabillando sobre el pavimento. Mientras todo son gritos y también sangre, el coche de niño, lleva a la muchacha calle abajo, dejando un sendero rojo, muy delgado, en ocasiones interrumpido, sobre el asfalto. Al fin vuelve el silencio. Las gentes de Pálidas Banderas son ya sólo el inicio de una larga leyenda. Por las ventanas los hombres buscan un último movimiento, una señal de vida. El carrito infantil se ha parado, los cabellos de Angélica caen desflecados, su rostro quedó junto a una rueda; en su espalda pudieran advertirse el camino de entrada de las balas. El combate ha durado muy poco, el tiempo de un estruendo pasajero, un momento de historia, casi nada. El último en morir fue el profesor, que disparaba hacia las ventanas, con su pistola casi diminuta, en un gesto que tenía en la forma de situarse en plena calle, un punto de suicida. Aparece ahora un hombre y ordena que quiten ese cadáver y lo coloquen junto al cochecito. La razón es muy clara, dentro de sólo un instante, por este mismo lugar, pasará la comitiva y hay que dejar despejado el camino. La cabeza del profesor golpea el suelo y el ruido se escucha ahora en esa calle tan vacía de vida como de ilusiones.

Una duda, una confusión, una cierta absurda espera por el taxi, un momento empleado en vestirse, en peinarse, en mirar el reloj, en volver sobre los pasos, en tomar, al fin, la decisión; todas estas cosas nimias y tan sin carácter y esencia hicieron que yo llegara tarde. Aún pude ver, sin embargo, cómo la bajaban del carrito, la dejaban en el suelo un momento, cómo la tomaban por los pies y los brazos y la iban acercando a una camioneta blanca. Llegar tarde es más que un sentimiento o una frustración, es descubrir el verdadero sentido de la palabra fracaso; es caer en la impotencia, maldecir el reloj, querer volver atrás la vida. Es definirse traidor y entrar en la traición, y pasar a formar parte de un inmenso vacío y, al fin, cuando la camioneta blanca se la lleva, enfrentar una vida sin sentido, y vengarse de aquellos tiempos muertos de absurda espera, y caminar violentamente en busca de una escuela y de un hombre.

El norteamericano joven, alto, bien vestido, llegó a la escuela aún antes de que la caravana de automóviles oficiales hiciera su brillante entrada. Comenzaba a sonar la música y las banderas eran agitadas con frenesí, bajo una luz muy alegre. Habían recuperado los maestros su don de mando y los niños estaban formando líneas casi perfectas. Gregorio Charles entró en el local sin problema alguno y fue a situarse junto a la puerta de entrada de unas aulas vacías. Desde allí vio llegar al hombre, lo vio subir a la tribuna, lo vio sonreír torvamente ante los aplausos y después saludar con gran torpeza, como un muñeco manejado de mala manera. Gregorio Charles tenía la mano colocada sobre el revólver, debajo de la chaqueta y de la camisa, apretando el metal duro y húmedo. Calculó que se había situado a unos veinticinco pasos de la tribuna, a su lado un hombre joven, de piel oscura, de pelo muy negro, lo miró con fijeza. Gregorio Charles sonrió infantilmente y el otro le devuelve, de forma muy forzada, la sonrisa. Ha llegado el momento, Gregorio Charles sabe que esta vez ha de llegar a tiempo, todo retraso será, de nuevo, el desastre. Por eso saca el revólver con un gesto brusco, que arranca un botón de la camisa y se vuelve hacia el tipo que acaba de sonreír y le dispara a la cabeza, cuando ya el otro tiene en las manos una pistola negra. Después dirige su revólver hacia la tribuna y la mano es sacudida con violencia, con estruendo, durante cinco sonoras ocasiones. El hombre vecino ha caído a su lado, de tal forma, que lo pisa al volverse. A sus espaldas, los gritos no pueden acallar el tiroteo. Y entra en el edificio y se pierde por los corredores y sale a una calle y desde un coche nuevo, azul, una mano lo llama. Es el amigo Mickey.

El avión privado sacó a Gregorio Charles de Santiago de Chile. Aún la noticia de los acontecimientos seguía sin producirse.

El amigo Mickey le pidió que dejara caer el revólver en una bolsa de plástico, que abría ante él con un gesto propio de quien espera una donación para la iglesia.

—¿Por qué lo hizo usted?

Y Gregorio Charles no se atrevió a decir que por amor, ya que ésta era una palabra que jamás había empleado con Angélica y que pretendía mantener alejada para siempre de su vida.

El amigo Mickey lo despidió dándole la mano, sin rencor y sin emoción alguna. Después dijo:

—Supongo que la gente como usted es la que entra en la historia.

Gregorio Charles callaba.

Nueva York estaba a sus pies. Las nubes se abrían, en jirones, mostrando la ciudad por momentos para volver a fundirse en una extensión blanca y brillante. Gregorio Charles había hecho todo el viaje abandonado en la parte delantera del avión; al fondo, a sus espaldas, dos hombres hablaban quedamente; de ellos le llegaba el olor a tabaco. Gregorio Charles casi no se había movido en todo el largo trayecto; inmóvil, se perdía en sueños y en fugaces apariciones de Angélica que sonreía, movía sus guantes rojos, caminaba por la Quinta Avenida, reía desnuda sobre la cama. A su lado, uno de los hombres, el que le había traído comida varias veces, había dejado, también, una botella de whisky y un vaso de cristal.

Volvió a mirar por la ventanilla para encontrarse con el mar muy gris y muy cercano; reconoció el aeropuerto de La Guardia y vio campos nevados.

Los dos revólveres volvían a hundirse en el agua mansa; deslizándose hacia el fondo en curvas delicadas y casi musicales; se le iban de las manos que las buscaban en el frío de la corriente; hundía sus manos en el río y las armas eran como peces esquivos, graciosos y burlones. Se hundían en la arena, clara, luminosa.

El hombre se acercó y señaló con un gesto el pequeño resto del whisky en la botella. Él negó con la cabeza. Volvió a mirar a través del cristal doble y ahora el aeropuerto cubría toda la ventana, mientras se cruzaban señales y luces. Hizo un nuevo esfuerzo y metió las manos en el agua; los revólveres parecían ahora inmóviles, seguros sobre el piso del río.

La nieve cubría totalmente las pistas de aterrizaje; uno de los dos hombres se acercó de nuevo, parecía intranquilo. Lo miró a los ojos.

—¿Okey?

Él hizo un gesto con la cabeza, después volvió a cerrar los ojos y hundió definitivamente las manos en el agua helada del Río Grande, hasta tomar los dos revólveres, que salieron al aire dejando escapar dos hilos relucientes y oleosos que volvían al río sin ruido alguno.

Gregorio Charles apoyó su espalda sobre el asiento y sostuvo con fuerza las armas, apuntando con cuidado y paciencia. Sólo cuando vio, de nuevo, ante él, al general chileno, disparó, una y otra vez, con una seguridad absoluta, con una plácida calma, repitiendo un gesto que le acompañaría para siempre a lo largo de toda su vida.

El avión aterrizó y fue deslizándose hasta quedar frente a un cobertizo alto, pintado de negro.

Los dos hombres bajaron detrás del muchacho. Nadie le pidió documentación, nadie se despidió de él. Se encontró solo pidiendo un taxi.

De todo cuanto recordaba solamente los dos revólveres del abuelo eran verdad. Sólo eso y la presencia de Angélica que reía, desnuda, en la habitación del hotel Hilton, en la Avenida de las Américas, en uno de los últimos pisos.

Gregorio Charles hizo que el taxista lo dejara ante un bar, en Broadway, ya muy cerca de Times Square. Entró y pidió una copa; ya había oscurecido. Al otro lado de la barra, sobre el espejo, un hombre de barba crecida, de ojos febriles, lo miraba.

Gregorio Charles pensó: Ahora yo tendría que comenzar a llorar.

Pero no lloró. Decidió caminar hasta el hotel de la calle 46.

Gregorio Charles depositó, de nuevo, en el río los dos revólveres.

—Es necesario que llore.

Y comenzó a caminar bajo la nevada.

Índice

PRIMERA PARTE
«NUEVA YORK»

Carlos	13
Angélica	28
El encuentro	35
La cita en el Plaza	39
Charles no entiende a Carlos	44
El territorio	47
Los testimonios	53
Escribe el profesor de inglés	56
Chile y Otoño feliz	58
Jesusa	64
Ya llegó	68
Ramírez	71
Crisis en el territorio	75
La Plaza Washington	80
Fiesta en el territorio	90
Con la pluma y el corazón	94
Nadie se mueva de su asiento	99
El uso afortunado de las armas	103
Julius	110
Se acerca lo imaginado	113

No te fíes, no confíes 117
Reunión general 120
Censorship 122
Los hermanos no se inventan 128
El viaje 133
Y más allá del Sur 141
Cabo del Bacalao 145
Frío en la espalda 150
Encuentro 154
Río Charles, río Charles 158
La busca de una tumba 163
El motel en la carretera de Boston 166
La fiesta 168
Jorge reanima al grupo 174
Sapitos de rulo 177
La pluma y el corazón 181
La confidencia 185
Pálidas Banderas 188
San Patricio 192
Jámas entenderé 196
Dieciséis de noviembre 199
Diálogos nocturnos 202
Examen de la violencia 205
Pale Flags 209
Sangre 215
El miedo y la fe 222
Cuatro o cinco horas 227

SEGUNDA PARTE
«SANTIAGO DE CHILE»

231